奔豕

柴画 著

德宏民族出版社

图书在版编目（CIP）数据

奔豕 / 柴画著. -- 芒市：德宏民族出版社，2018.11
ISBN 978-7-5558-1104-6

Ⅰ. ①奔… Ⅱ. ①柴… Ⅲ. ①诗集—中国—当代 Ⅳ. ①I227

中国版本图书馆CIP数据核字（2018）第234218号

书　　名：奔豕

作　　者：柴画　著

出版·发行	德宏民族出版社		责 任 编 辑	张家本
社　　址	德宏州芒市勇罕街1号		责 任 校 对	尹丽蓉
邮　　编	678400		封 面 设 计	冯江伟
总编室电话	0692-2124877		发行部电话	0692-2112886
汉 文 编 室	0692-2111881		民 文 编 室	0692-2113131
电 子 邮 件	dmpress@163.com		网　　址	www.dmpress.cn
印　　刷	昆明龙昇印务有限公司			
开　　本	787mm×1092mm 1/16		版　　次	2018年11月第1版
印　　张	11.75		印　　次	2018年11月第1次
书　　号	ISBN 978-7-5558-1104-6		定　　价	48.00元

作者简介：

　　柴画，侗族，80年代生于湖南永州，鲁迅文学院第23期民族作家班毕业。《时代文学》年度十佳诗人之一，曾获中国作协诗刊社、人民文学诗歌奖，第22与25届全国鲁藜诗歌奖，作品见《人民文学》《中国作家》《青年文学》《诗刊》等，中篇小说曾被《作品与争鸣》头条转载，入选《民族文学》8090全国作家专号、全国青年作家专号、《解放军文艺》全国青年作家专号及多种年度选本、国家重点大学中文系教材。

自序

　　波兰诗人瓦夫什凯维奇曾说，事实上每一首诗都是一封写给无名收件人的信，它带着期待出发，期待收件人读到这封特殊信件时会说：这是我的，因为我经历过，我感受过，我思考过！是的，也许是百年之后，或者更长的时光！本集子所录作品为本人近年发表在国内各大刊物上的一次大集结，但也大浪淘沙般去掉了一些。当这封特别厚冗的信札呈现于您的指尖之时，无论我在与不在人间，我的肉和灵都是愉悦的，但愿您也是，我最亲爱的读者朋友！本想借此机会还想说些其他，但仔细思量，还是省略了。我想，其他都不重要，诗人最应该做的是多些缄默和思考，把作品呈现给这个世界就足够了，不知您是否也如此认为？别惊讶，当您读到这些文字时，也许我早已灰飞烟灭，但这并不能阻止我们之间此刻建立起来的一种特殊的友谊，我微笑着，微笑着！

——柴画

目录

A 长诗选粹

我深情的土地（长诗）

（选自《时代文学》2013年第8期）

剧情记（长诗）

（选自2015年2月1日《宝安日报》专栏头条）

B 组诗选粹

时光（组诗）

在深圳华强北（组诗）

谷黄季节想起故乡（组诗）

雪，慢慢把村庄覆盖（组诗）

在荞麦地里（组诗）

大地深处的河流（组诗）

雪落故乡（组诗）

磕磕绊绊的挂牵（组诗）

C 短诗选粹

在深圳八卦岭（二首）

（选自《天津文学》2011 年第 10 期）

春分时节

（选自《诗潮》2012 年第 5 期）

低矮的篱笆

（选自《诗潮》2012 年第 9 期）

单车拉客仔

（选自 2012 年 7 月《工人日报》文化周刊

　　"柴画作品"专辑）

D 新作选粹

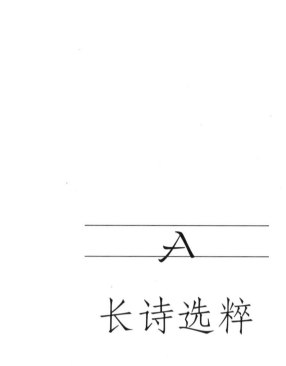

A

长诗选粹

我深情的土地（长诗）

（选自《时代文学》2013 年第 8 期）

第一章 麦地与父亲

麦地，上青苗的时候，麦地将要开花
涨穗的月份，在家里
总找不到父亲的影子，母亲的唠叨多了起来
总喜欢去村口等一等望一望

麦地上时常是父亲扛着锄头，修理麦地
锄草的情景，麦地上，有时也不见父亲
夏天的风刮起时，麦地与麦香，覆盖整个村庄
父亲就坐在地头，低洼的下水沟里

收割的季节到了，父亲吃完饭就往麦地跑
母亲这时也会跟着。我这时候也会跟着
父亲说，我请你们母子看一本书
咱家关于麦地的大书

沿着他花白的头发，阅读他著作的书页
唯闻身前，金黄饱满的麦穗，锤击大地的声音
我说父亲，这已经不是书那么简单的事了
这是一部可以获世界大奖的电影。母亲笑了
佝偻的身影，深深的皱纹

第二章　七月尝新谷米饭的事

知了，总是在乡村最热的季节，拧出一些风
摇着晒谷坪上，那些竹簟里的谷粒
奶奶手里拿着蒲扇，又讲起了
当年爷爷，走西口的故事

每年的七月，江南的农村都会有一个节日
乡亲们把上半年，收回仓的早稻碾米
这第一顿饭，叫尝新米节

会放些爆竹。奠祭历代先祖
坐席按祖宗传下来的老规定，一字排摆
有的人家，在这个时候，会许些愿望
以五谷丰登为重点，然后做些膜拜的动作
说些孝敬的话语，将今年家族里发生的
某些大的家事一一禀告，比如谁家儿子考上清华或北大
谁家举家迁移大城市了。然后恭请祖先享用美味佳肴

新米做的饭很香很软。有点像糯米黏黏的味道
每年七月，尝新谷米饭，离不开杀鸡宰鸭
还要从稻田里，掐集一小撮稻穗
挂在屋里墙壁上，来年的希望

第三章　干旱的情景

一条断流的河，因为没有雨水滋润
已经裂痕很深。大片庄稼地，没有雨水灌溉
已成为荒漠。喝着从几十里以外
挑回家里的井水，木讷的父亲满脸愁云

嫂子和阿妈，在屋里嘀咕着，侄子
啼哭的声音，尖锐刺耳
侄子马上要开学了。上学期的学杂费
还欠着三叔的。还有年初赊欠农药、化肥钱要还

静坐的父亲，烟越抽越凶
静坐的父亲，被烟呛得满脸是泪
他深沉的眼里，焦虑像山一样绵延

哥哥从南方写信回来，说，工厂经济效益不好
老板跑了，一个工厂上千人，上百万工资没了
读完信，父亲闭上那双，一个月都未曾合拢的眼帘
眼角几滴泪，汩汩流出

下几滴雨吧！父亲扯开嗓子的时候，竟想把带血的疼痛
也扯出来。对着山峦对着稻田，和干枯的河流
喉咙在剧烈颤抖

第四章　温暖的炭火

沿着长满苔藓的石阶，进入村庄。
山脚有条小河。旁边是一些菜地。
前面就是座山，需要爬上一天一夜，才能爬完的大山。

山路上白雪、斗笠、蓑衣紧附在，
山中农家小院门扉的铜环上，也不知村中，
谁家在办白喜事，鞭炮与唢呐的声音，
强行卸下一小块村里的宁静。

那唢呐声里，装着太多太多生老病死。
那唢呐声里，泡着无法诉说的悲痛和凄凉。

山下，在这里生活了几十年的父老乡亲们啊，
至死也烤不烫，焐不暖，冷漠的土地、贫瘠的荒山。
这一生，太多的事来不及做完。
祖父长叹，父亲长叹。

还是半截土墙，腐朽的门窗、断桥相伴。
几堆干稻草，数声牛羊喊。
昏暗的灯影下，乡亲们聚在一起谈一谈以往。
围着炭火，寒冷一尺暖高一丈。

第五章　我回到久违的村庄

一台手扶拖拉机，一条盘山泥巴村道，沿着一面，
颠簸起伏的联想，渐行渐入我的田野我的故乡。
开车的司机是隔壁的张大爷，没上过驾校，没有，
A 照和 B 照。车已经开了十几年了。
机头冒着青烟，一张被柴油熏蒸的脸，漆黑油亮。
上陡坡的时候，一阵尖叫。
下陡坡的时候，一阵恐慌。

从城里到乡下，我见到了大地，不穿衣服的黄土和山坡。
犹如乡亲们第一次进到城里，不习惯城里的人造假景和
钢筋水泥的楼与格格框框。天空，一贫如洗。
连半片云也没有，我翻开辞海，查找悲伤这个词语的定义。
那碧空万里的蓝，如同大地万物灵与肉，
在历史的长河上集体朗诵，粗犷与苍凉。

那些田间劳作着的人们，像诗经里遥远的词条。
只是不见摇着木铎的歌谣唱响，这些，让我想起《三字经》
盘古、大禹、春秋、战国的激昂。
对布满青苔的原始森林，狮子、虎、豹、大象奔走
以及兽群嘶吼，火热向往！

那些田野上三三两两的泥房、茅房，像远涉沙漠的金色驼铃。
风和烈日下，高粱渺小村庄渺小。沟壑纵横的土地上，
让我想起了一场旷日持久的大雪，那是 2008 年
那是一场有点悲壮的事故。
请不要问我这个事故的场景，我只要一想起雪与血就泪如泉涌。
一切都已经消失了，我的田野我的村庄，借我一些镰刀、火种。
我想让我的诗句散着热，飘着香。就像刚出炉火的烤红薯。

第六章　老屋后小河边上的傍晚

在老家老屋后的小河边上，夏天，会种着，
土豆和吊在藤上的苦瓜。夏天河水里，
摸田螺的男孩，一声咳嗽。
炊烟就袅袅地，吆喝声也会急急地。

知了，把太阳叫下山坡，就呼呼大睡了。
抱着水瓜回家的侄子大叫：好烫！好烫！
奶奶笑呵呵地责备说，瓜皮上还有太阳。
奶奶笑呵呵地责备说，赶紧放进水缸里。
让清凉的井水泡泡太阳。"咚"的一声响，
太阳顷刻间，丢失了一百多个村庄

最后一朵白云，停留在水缸边沿上。
有些痛写在脸上，有些伤顺着水缸流淌。
倒影的黄昏，像一首唐诗一样，消失在水缸。

这个时候，蛙鸣与灯火像猫头鹰的影子。

蹲在村外的老槐树上，咕噜哦咕噜哦地叫，咕噜哦咕噜哦地喊。

不见五指的黑夜，锋利如砍山的刀

直抵村庄深处的彷徨和苦难。在一两声犬吠里。

我与故乡促膝长谈，没有语言的磨难，唯有眼神贼亮贼亮。

蒸土豆，烤地瓜，一钵虎皮尖椒的香摆在桌上。

半瓶地道的北京二锅头下肚，焦虑辗转流离，

焦虑像苦瓜的叶和藤。

把篷搭在老屋后，篷下是小河流淌。

第七章　纸上书房

草原上。扑面而来的除了马头琴悠扬，
还有马奶酒十万里飘香。在茫茫草原的翠绿里。
我想化成蝴蝶或者格桑花下的毡房。
上黄河，下长江。
请来王羲之同行，书法狂草南北朝。
蒙古，风起，绿动，铿锵密集。
在我心上，我心向往。
今夕何夕，年是何年。
我心宁静，我心北上，我心无限宽广。
我的草原，我的梦想。
哪怕一夜之间，我突然苍老，白发如雪那般。
马背上邀约，长鞭直指太阳，牧放滚圆月亮。
看羊群归来，我梦悠扬，奔放张扬。
不去想，股市、楼市、通货膨胀、时局跌宕。
只需一笔一盒墨，喝酒唱诗，推开影子步入纸上书房
借来蓝天白云，挂在墙壁上，一壶天边的茶，
一把古筝，一曲《高山流水》《广陵散》。
十指间全是温暖，茫茫草原上——

第八章　流浪的书生

流浪。从纸上出发。

缓缓行走的船，一浪一浪。

唐朝的鸟，手提灯盏。

一朵春天的花，下江南，靠近洞庭的帆。

一件秋天的事，从都市的深处脱身上岸。

失意、流亡。

书生的脸，瘦如江水。

书生的泪，割破苍凉。

仰天长笑的影子，唯一不避嫌疑。

唯有诗歌。登堂入室。

江铺展开来。湖铺展开来。

长啸、雷鸣；暴雨、狂风。流浪。

从这里出发，世界第一屋脊之顶。

第九章 秋日深圳

八月的天空细腻柔软，鹏城半岛子桂的香如酒深夜造访。

突然刮来的风，恰好被深圳河的几条水浪截住。

芬芳一低头，就把玫瑰庄园画在了深南大道上。

指缝里，有浓郁果香闻讯而来，惊醒了一群南来北往的鹭鸟。

我挥毫，我发现，秋天来了。

我的故乡好似在河岸，只是家在背上。唯有乡愁，

才能养命。我垂下头颅，这个秋天，河流和我一样深沉。

一匹马，一条江，一个人静静流浪。

第十章　月亮下的故乡

在午夜，月已上屋檐。在梦里一张浑圆的脸。
在村庄的背后，安详徜徉。静谧约来，一湖池塘
蛙鸣，附近大小群山。
山路弯弯。南瓜戴上了月弯、水瓜披一身星光。

半条乳白色的晚烟，一往情深。
一棵桂花树把花开在村头，那口已经干枯的古老枯井上。
村里有喊归的声音传来，夜以河流的方式
向东。乡亲们在一道沟里，筑建起泥房。
在一道坑里，把灯火点亮。

夜色深沉。大山脚下，祖父在昏暗灯下清理劳累以及疾病。
太多太多磨难，才说小半，就被奶奶带进黄土大半。
幸好父亲习惯了逆来顺受。生活的苦，岁月的伤。
心中的苦从不沦落，心中的痛
从不说出，我含热泪，在很远的他乡。那么热那么滚烫。

剧情记（长诗）

（选自 2015 年 2 月 1 日《宝安日报》专栏头条）

之 一

你问我那个常在山坡唱歌的少女
去了哪里？我沉默半晌，不知道该如何回答
如何回答才能，撒一个善意的谎，好让你高兴
继续保持，我们之间纯洁的友谊
风继续吹老牛的背，犁铧，拨动泥土，村庄是如此安静
我就静静看着，曾经熟悉的你，今儿
让我陌生的你，你好像许多年，没回故乡了吧
你好像忘记了
那年我们偷吃邻村香瓜的事情，还记得那首歌谣吗

那是少女最喜欢唱的：
"所有的金银花去了药匠的家里
只有梗秆留守在我的手里
我怀念这村庄盛开的花
至今还戴着你送我的那条花围巾"
你是在这样的歌声中离开故乡的，我是在这样的
歌声中给你送行的，还记得吗
还记得吗，兄弟。想她，就回故乡山坡上坐坐
别怕路途遥远，坐高铁也行，乘飞机也行
抱歉啊，我也不知道她究竟去了哪里
山上的石头微笑，金色阳光铺满，这就像为你的谜
镀上黄金
也是，这样的下午，最适合想起一个人

之 二

她站在树下，身靠着梨树梨树靠着她
风刮过山坡，雨雪漫天飘动
她还在树下，她天天如此在梨树下站站
几乎没有客人来这座孤寂的老屋做客
那只年龄古稀的花猫，依然咳嗽，伴她炉火边
猫偶尔也会——嗷——嗷，叫上几声
那年我记得她说过，大女儿去了上海
二女儿去了广州，小女儿去了北京
男人在她三十那年就已离世，大女儿年底回家
二女儿等她生日才会回家。小女儿从不见踪影
想她们就到梨树下站站，越来越老的身子骨
像一把年久失修的樟木椅子
看上去她像被割去谷子扔弃屋墙角的稻草
看上去这也像唱诗班的声音，她打盹时
那只猫也跟着打盹，唯有掉在门后
一条条的光阴和树影昭示着移动
失去的无处可觅的时光。她老态龙钟了
其实这老，不仅仅在她的身上发生！
你也会变老，我们谁都会有耄耋之年

之 三

喜欢写石头，那是因为石头，毫不掩饰自己的尴尬
喜欢写河流，那是因为，它总流向低处
喜欢你，完全是，在我悲伤的时候，你
总那么真实，坐在我身体的近处。这一生，的确，需要
像你这样的兄弟，所以，总喜欢，时不时电话骚扰
所以，总喜欢没事时，数落你骂骂你
像你骂我、瞪我的样子。隔着街道的嘈杂
隔着玻璃，隔着迎面而来的大型巴士
隔着一群人形色各异的面部表情，对了，就是这样
总感觉好好的。总忍住泪水
今天，我又想约你，约你去祭拜心中喜欢的神，记得
以前，你和我说得最多的，就是那只，在佛像前
放生池里，自由自在，游来游去的
金色龟，有水，就快乐无比，一生，不羡慕任何人

之 四

闲的时候，我喜欢搬把有靠背的沙发
赤脚卷着身子坐着，喜背向天空，面向壁
把光着的脚丫底部，贴在墙上，让
墙上的清凉缓缓地，浸入肌肤，然后在阳光下
想念你的脸
闲的时候，我喜欢点一支香烟
吸一口，就用指尖夹住，看它慢慢地燃
看它优雅的像亲人般
飘远，飘远
闲的时候，也喜欢，倒一小杯
西班牙朋友送的烈酒，拿出珍藏经年的
火柴盒，当火焰，在酒杯急遽升起，我就一饮而尽
然后就给亲爱的你，写信，写一些琐碎的事
写一些说不出口的词。闲的时候，关了手机
静静地做自己想做的事情，哦，对了
闲的时候，你是否也在做和我同样的，尼采……

之 五

曾嘲笑姑姑，嘲笑她被 BB 机绑架。我

熊、囧、瘪地狠狠扁她，那玩意儿一响，连顿饭也吃不安生

常挨祖父白眼，那年月，我一贫如洗，穷学生

像太阳下的丐花子，酒肉饭饱就是幸福，比如济公

的呼噜，笑呵呵捉裤腿上虱子。可是，随着我慢慢长大

（我怎么感觉像是胀大，不是长大）

我被手机绑架，我被电脑绑架，我被网络绑架

高房价，虎视眈眈，职业杀手的素质

斑斓的夜里、灯火、街道

我像危机四伏，肥肥的待宰羊

想要劫持我的，还有，什么啊，想知道，怎么会知道？

（你知道吗？）

这年月，我像头，顶着我的皮囊，穿街过巷，泅着月光

（只有它是温柔的）

回家。街道上，书店纷纷关门，劣质电视剧

连空气也想绑架，那个它（狗）欢迎着我，摇着

憨厚的尾巴，这年月，你怎么了？你怎么了？

吃饭的时候，我说，饭，你吃了我吧。菜，你吃了我吧

之 六

渴望一场铺天盖地的暴雨，能最好有急遽

扑来的大风。最好啊，是北方的狂风，虽然它远道

但大作，但低垂有质，像衣衫褴褛的王子，却不失大漠

千里戈壁的颅骨，王者的涵养

经年奔走在南方的肉身，那么渴望

一场雨一阵风的肆意鞭打，让雨伞见鬼去吧

悲痛的是，雨总是不下，风总是杳无音信

我自嘲、苦笑、谩骂自己，慢慢没有耐性

太阳还在隔着钢筋敲打着街道，机器隔着圆桌会议敲打着

股东们的半成品，我隔着异乡大地

敲打着憋屈的骨头，唱着自己的诗。这首诗，写于1999

那年，姐姐投江而死

她将死鱼肚样的镰刀和一把丁香花，安放

在江堤上，女神般从容走向，未知的世界

寂静的江水、卵石和那只在枝头上不停歌唱的小鸟

金色的秋日，它不会因此而残缺，永远不会的

我想，亦是永远永远不会，它只会经年敲打着

大山深处哭泣的故乡。如今，我在南方

和这些来自云南、四川

湖北、福建、湖南、浙江、内蒙古、上海

江西等省的一群人成了邻居，这群人拖儿带女

远走他乡，出租屋

城中村内，廉价的菜市场，嘈杂夜市里的李婶

成天吆喝在，我住处楼下收废品的老者

不知他的具体年龄，那口音

（他新年，见人便说恭喜发财）

远远传来，谁都知道他是四川的。想到老者

我就想到父亲的脸，这脸链接着那个村庄

那是干柴垛、禾田、石灰窑，黑木炭背后的喊

以及叔婶与隔壁的饭菜香

春分、谷雨、刀耕、火种中老下去的父亲

他让我长大，我长大就远离故土

在他病痛的日子，我啊，只能隔着 QQ

电话说着一些安慰、不着边际的话

本来应该写写书信的，这是他们最渴望的

只是用惯了电脑，写一封信竟显得艰难异常

想到这些，我就羞愧，真想扇自己一巴掌

也想过写《与父亲书》《致亲人言》

用些生动形象的汉词堆砌，可是

父亲已经埋骨青山，母亲大字不识一箩筐

想到这些，我就渴望一场铺天盖地的暴雨

最好能有急遽飙来的野风，把我掀翻
我在异乡唱这首诗，想到那只鸟是否
仍在枝头欢乐地唱，一长一短
真想问问这鸟，你叫什么名字
你可曾见过我的姐姐，她穿着碎花布衣裳
她扎着黑色马尾巴，笑起来就像天使，金色秋日
——那只鸟激动不已。我激动不已

之 七

得去地铁站，得去中国移动
还得去快递公司还得去华强北国际电子商贸城
电话，一个接着一个
握着有些发烫的杂牌手机，心内疚，顿生
真想说声，伙计，实在对不起
我也不想这样，可生活就是这样
在路上、在车上、在楼梯上、在快餐馆
在 WORD 文档上、在 EXCEL 表格上
下午还有个十年之约的故人，来南方
不能不见她，她从故乡大老远地来
一定裤腿上，有股老家的黄泥巴味
这是我最想看到的，父亲曾说
人生有四大喜，一是金榜题名时
二是他乡遇故知，三是洞房花烛夜
四是久旱逢甘霖
所以啊，见到她时，我活像个
买中福利彩票的资深彩民
她说，南方真是美，她说，南方人真多
她说，楼高、贼亮敞啊，这个热闹劲

那铁匣子（车），真像地头的蝗虫
她是那么激动、脸红红的
我不说话，只是静静地端详着她
脸黝黑，色泽像故乡那条寂静的河流
看着看着，我也激动起来。今天，真想和她喝几杯
划故乡的拳猜少年的石头、剪刀、布
我知道，她一定带了老家的红薯烧酒

之 八

御寒的薄衣是不能卸的。风，会让我感冒

并带来疾病，请谅解，剩下的

是肉身，以及

支撑我立在大地根基上的骨头

和滋养我安身立命的热血，它们

孕育了我全部。有了它们，我才能感知，天地万物

这，也是万恶之源

贪念、欲望，拔节，长起

这些，你是知道的，它，稗草般

长在广袤田野，固若金汤

像都市的楼宇，人造花坛，庞大建筑物

像虚伪的鹰、世故

中，把食物看得那么重要，却

总喜欢做一些举重若轻的面部表情

在南山，想到你的脸，我便想到故乡那堵篱笆墙

这里，离大海那么远，天空这么近。我没事的

就是累了，想在远离城市的地方

躺下、歇下，在一个人的地方

看看丝滑的蓝，对着远走的云

说些隐藏心底的话，张开双臂

笑着说话，眼含泪水，面向一朵叫不出名的野花

之 九

倘若我有错，请你谅解
倘若我先你而死，就请你忘记我
哪怕我曾经的恶作剧让你耿耿于怀
万一啊，这一切你都放不下
那么那么
就请你在明亮的阳光下面
换上那件乳白旗袍
唱起那首，我给你唱了几十年的歌谣
那是一首，让我掉了许多泪水的曲子
也是你答应，和我好的曲子
很幸运我把这首曲子教会了你
很幸运你唱得比我好很多
记得再唱的时候
你要面向大地，这样音符才会贴近泥土
你要知道啊
这土地，就是我身体的肉、肌肤和气息
你可曾看到这野草野花
就是我，对你发自内心的微笑

之 十

而立之年说到骨头，我会想到我的头颅
我会想到我热血里的脊骨、膝盖、肘骨
我会想到气吞山河的英雄
比如西楚霸王，比如成吉思汗，疆土辽阔
这一方水土上的神话。滋养56个民族的胃
比如商王时代，比如战国春秋
唐、宋、元、明，比如雪亮战戟
丈八长矛穿透战车、铁衣
直抵心脏，比如万箭齐发，大浪淘沙
多少盖世豪杰
横卧、马革裹尸，而立之年说到骨头
我就会谈到戈壁，想到野花怒放的原始森林
以及枯木遍地的荒野、漠北，那里白狼嚎啕
那里万年孤独，也唯有那
骨头一直保持原价，远离通货膨胀。说到骨头
（如象牙，如化石的恐龙）
应该，多读史记，在国家图书馆里
打磨一面骨头做的镜子，经常照照自己。今夜
你若盛开，又何须清风自来
而立之年，我不谈货币、一己私欲
去雅鲁藏布江上，置张八仙桌
与你从失意的书生谈起——

B

组诗选粹

时光（组诗）

（选自《诗林》2012 年第 5 期）

韧

我说，我家瓦屋上郁葱的苔藓，
同叠次毗邻的石灰瓦比，明显要老许多。
其实，苔藓，是后来者；是隐居红尘善良的精灵。
母亲总说，有情最易老，像七情六欲的人。

我说，花谢时，我想春风无法带走的，
应该还有，花蕊里的老老少少一大家子，
那是揪心的疼痛，那是她最亲的人，也是爱入骨髓的爱人。
这些花落的声音，这些有生之年仅剩的知音。

我说，今夜我是汉乐府里的嘉宾，这些寂静
像留宿长安街头的水柳，满朝
词语，已成为我纸扇上的文武群臣。
这辽阔的大地，是先人留下的坚韧之韧！
镰刀、斧头、火种，在村庄里
君临天下。花开，便是唐朝盛世。

罪 己 令

光秃的荒山和旧的泥墙，那么无遮无挡
十月，是谁在橘树上摘落下一个金黄橘子
像极漂泊在异乡里匆忙行走的朝圣者
我禁不住放下肩上的行李袋，很仔细地端详
这个乡下的正午时分，白覆盖着一切
我酷似年幼的孩子，那长风满怀的惊
的确印证了朋友在电话或书信里总提及的病因
其实，生于斯长于斯死于斯
也不过是漂泊在前世今生而已
高龄娘亲，已站在屋前的石榴树下
她的眼里我已经成了她的稀罕客人
我是罪孽深重的人，我让含辛茹苦的母亲
皱纹累累，白发缤飞在村庄里
苍茫雪地的树，皆无叶、无花、无果
列数我数宗大罪！十年前我总说
人在江湖身不由己。十年后
子欲养，却父不在。而村庄依旧寂静
河流依旧寂静，北风烈呼，过深沟巨壑
一路趔趄地来告诉我：你已经回不了故乡了
即使你人已经回来，也缺心
因此你是一个罪孽深重的人！是
我承认！！我望着白发如雪的娘亲

大 雪

落在屋顶的雨雪们有些魂不附体
那么想风儿迟来些，迟来些
甚至不要出现在它这一生余下的日子
寂寞多年的煤油灯等着变老，痛
在骨头的缝里。隔着低矮的石灰墙
中年人知道，幻想多年的
有四世同堂的老祖母，祖父
奶奶也是，母亲是身不由己
其实短街长巷无意切下的
几截身影，有些断章取义有些疼痛难忍
妇孺们，老者。在村里像被折弯的隐
和玉米地、高粱地、红薯地、萝卜地
远望，这像难以治愈的白血病
嘈杂的牛羊犬吠声，像土台上木偶戏
十二月末，我在空了心的村庄里
怎么也找不到似曾相识之人，梅花开得妖艳
那些亮白的雪总不想落下，有些犹豫
在屋顶，这似离世父亲的一生
如凿在碑上的文，石头，才是活祖宗

▌在深圳华强北（组诗）

（选自《民族文学》2013 年第 5 期）

父亲肩上时光

他把自己当马，捉了我放在肩上
那年，我记得自己三岁，从哭到笑觉得看见了大世界

父亲高兴得从寨子里头走到寨子尾
我呵呵地笑，我喊"驾""驾""驾"

他也"驾""驾""驾"，如今多年已经过去
我由小长大，他渐渐老去，世界恰恰相反

不断缩小，如同绿豆，芝麻大的词
如今，我似乎有个想法，想让父亲以我为马
想让他走出寨子青石板路，看看马背上的斑斓世界
让他再次"驾""驾""驾"，让他高兴时
扯开嗓子唱唱蹩脚的侗族木偶戏段子，像竹筒倒豆子
听到他炸雷的大嗓门，感觉幸福离自己这么近

在深圳华强北

我似乎养成了一个好的习惯，在人口稠密的深圳
上下班喜欢专心致志地赶路，低着头，好像
时间总不够用，在地铁口，天又下雨了

想象着老家，想象着某个早晨，阿妈脸上
咧开的笑容，任雨水绕过深圳的红树林
把禾苗和麦子种在我炙热的血液里
前方罗湖海关、香港，后方，深南大道、锦绣中华

赛格、地王大厦，乡愁集结在火车东站、世贸中心
公交站台又被翻新了，铁
被刷上厚厚绿油漆，裹上玻璃的城市漫画
在异乡大地上像初恋女友的笑脸，这个
有一千万民工的沿海城市，越来越有绅士风度了

昨天，一千多公里外的阿爸，走了几十里水路
把农忙时令，特地用特快专递寄来
我颤抖着手，取出珍藏在华强北的弯形镰刀和火种
撕开不是很平整的信封口，故乡的板栗、故乡的花生
故乡的杨梅酒的味道，一阵一阵飘上楼顶、阳台

一条河流喊春天

我在油菜地里深呼吸，我想
让桃花放弃隐喻，甚至枝头上盎然的词语

三月呀，寨子里女人们说不许桃花卸妆
她们是，想和一条河流喊春天
三月呀，寨子里男人们说，喜欢春天
像喜欢自己婆姨的身子，他们想在庄稼地里
喊自己最想喊的女人

河边，有少女坐立不安
河水，叮咚叮咚；春天，叮咚叮咚
我也想喊，自由奔放地喊，喊万紫千红

谷黄季节想起故乡（组诗）

（选自《星星》诗刊 2013 年第 7 期）

石 头 记

把下午的阳光，向树上的枯树叶
再靠近一点，接近时光稚嫩的背影
像凌晨，像露珠的行程
有点残缺的宁静，枯萎的野草里
包裹着父亲的坟茔
接上些是金黄色的田野，母亲脸上
挤出艰涩的笑容
极像一堆篝火，这是往十月的路上

母亲低着头，低到了皱纹的最深里
大地，秋天，饱满玉米地
红薯地是村庄中敬畏不已的词语
落叶一转身，喊来了枯瘦似柴的石头岗
我有点慌张，沿着一张白纸作嘶吼状
我在经过，小心翼翼地经过
像喝醉酒的人仰读幸福金卷

村庄里的太阳花

那山上有棵参天的苦楝树
树下是座古老的筒油房子
有些知了经常进门，阳光总不愿意入内
我找到有厚厚青苔的枯井边站立
你，本来可以进屋歇歇的，为何要在
挂满燕屎窝的堂屋檐下不声不吭
唉，我的肉儿
不知道此刻你在想些什么
能否也对我柔情似水？

我有时隔着一座绵延的山读你
有时隔着一滴水
掉地的声音找着你，五指缝里
除了光阴过后的余温就是我脸上的刀刀皱纹
还有些积尘，在纸窗、农具、瓷器上变老

娘说，有些人活在坟里
有些人还在白活着。这话
像唢呐和哀鼓的身影，不理解，才最幸福

谷黄季节想起故乡

在远方，总喜欢秋天
能感觉到，故乡在此时已是农忙热火朝天
"双抢"的季节，接到来自故乡的问候
像见到稻田万顷起伏，摆动大地的金黄

在异乡大地，爱时不时照照镜子
非常仔细地端详自己
像生怕忘记自己的模样，在纸上
像梳理朵朵黄花一样，美好不轻易说出口

此刻，我想看阿妈陪阿爸散步在村前屋后
想他们互相梳理雪白头发，互相不语对望的场景
我一边匆忙奔走，一边声调颤抖说着电话。此刻
我呀，泪流满面地告诉他们，工作不累
我吉祥幸福！我家庭和睦！我收入还可以！
右手累了换成左手，握着手机
尽管电话的那头已经，挂机许久

▌雪，慢慢把村庄覆盖（组诗）

（选自《山东文学》2014 年第 4 期）

南方的芒果树

叶颤抖着说，你不要挽留。我注定是要飘落

像漂泊雪花，这是一种宿命

如同你和我的爱，大地空旷寥寂

我们清晰地知道

这仅仅只是风儿的摇摆

我会不由自主地想象，相信

你也会想起至爱的人——

我，只是一个漂泊在异乡的人

某天下着雨，我穿过南方的夏季时

一粒芒果突然掉在我的身前，我疼

那么像父亲死去的情景

在湖南，早出晚归有麻雀和狗

深圳，除了地铁和车流，唯有路边的芒果树了

地铁和车流总是让人心烦，而芒果树

路过时我总不忘和它打招呼

像和熟稔的人，尤其是芒花盛开

真想大声歌唱，泪雨滂沱地，歌

遥远的幸福，吼，身在江湖——

雪，慢慢把村庄覆盖

我扯了一捆喂牛的稻草，回身
路过村庄，见到杀年猪的屠夫
他说见一面少一面了
我点点头，我说要下雪了啊
他一定很喜欢大雪纷飞的时候，那明晃晃的钢刀
捅进猪的脖子
隔壁有斩猪肋骨的声音，那是寡妇刘嫂家
我不喜欢这种氛围
雪，慢慢把村庄覆盖，厚得像娘的棉花被子
夜覆盖了村庄里所有耀眼的白
也湮没了第 31 座无人居住的略略破败的土屋
我家的黄牯牛见到我怀里的干稻草
在这 5W 电灯泡微暗的黄色光里
似见到春天，欢快地长哞
它抬头，纯净的眼，我羡慕它的内心

隐　情

民国的街道，元朝的圆红灯笼

我听说，这里曾住过秦国的孟姜女

青色石板里净是一只蝴蝶起舞的秘

飞屋檐、琉璃瓦

金戈、车马，八卦阵

战鼓、雷鸣，一个人

把诗写到江南，江山丢到汴梁

烈火金刚的面容

谁说他没有悲愤，袖舞的袍

巨毫挥：南边我的长江水

脚下黄河奔腾！长驱直入的影子

填欧阳修的词，牧歌与农耕

交相辉映。这是江南的雪花飞舞时节

我，沉默是金，今夜真想与那个颓废的书生

落魄的君王同饮

琵琶伴奏，游南宋的山水

喝北朝的女儿红，苏杭桥上谈兵布阵

其实，我们都是放不下故乡的人

在荞麦地里（组诗）

（选自《四川文学》2014 年第 4 期）

遥 望

那年我回乡，父亲站在寨子前接我
他说话的声音小了，头发愈发的稀少和白了
我上前，深情拥抱这矮了一大截的身子
泪水，像断线的珠子流出眼眶
父亲老了，我提醒自己，但又会善意地
欺骗我的父亲，说他看上去是
非常年轻的，最多也就中年
父亲高兴地笑！今年我回乡，小妹乐呵呵地接我
而屋后父亲的坟长满了野草
我在想父亲那张暖和的脸，我在问，问流水和
温暖的紫云英，那些美好时光啊
——你们究竟去了哪里？哪里？

在荞麦地里

禾田慢慢变黄的夏季，山坡上的姥姥
不但笑到心里，眼也合成了一条麻线样的缝
亲爱的风，气息如兰
吹来侗家妹子的歌声
贴着，向我的灵和肉
我抱着风激动不已地思考，金色的阳光
铺满庄稼、土寨
槐树上的麻雀啊
你可理解我懵懂的青春？
我羊鞭高高摔起，惊动了荞麦
它们的穗垂得更低了。少女一样幻想未来

别处的脸

当我在电脑前，用键盘敲到村庄
雨中娘的脸，紫丁香一样
在我的住处温暖开来，比如她在柴灶燃起的火焰
比如她在鼎锅里煮的小米粥的清香
走远的人和事别处想起总那么美好
就因为这些啊，花儿才那么
疼痛地回答着大地，比如深南大道那边
广场上那坛海棠，就像我至爱的她

大地深处的河流（组诗）

（选自《文学界》2014 年第 10 期）

我的永州河

潇湘大地的油纸雨伞撑开时
粘贴不上永州河欲语非语的三月
像情绪低落的梵音，纠心

悲歌而去的除了高山寺里的焚香，十面寂静
和正值盛年的大雪
木鱼声声里，我疼，我跪于骨头里
喝着父亲生前挖的暖暖井水，看
熟悉的母亲背一捆干柴火，柴后是
陌生一片瘦了空了荒了的故乡，这年
我三十而不立

想在村庄里阅读春暖花开的
是剑胆琴心的游子，也有怀春的野猫
像掉在桥上的光阴
传承着，易老易碎的喜

大地深处的河流

我决定了，在心里捞出一块石头
青色的那种，没有麻花纹、裂口
这种石头坚硬，像祖先的白骨
也像我的村庄，折射着湖南蛮子的倔劲
犹如左宗棠的热血铁骑
曾国藩的大智慧，芙蓉花儿一样
蹚河，过江

山冈上，野草枯黄，河流表情冷淡
北风呼烈，狼群一样狠狠地猎驱
这没有树林，四面凋落的空屋、陈房
我不禁眼含热泪，走在满是黄土的湘江西南
快到父亲的坟了，我双手捧着碑

这面石碑啊，我是用肺磨圆的
这面石碑啊，我是用肝撞滑的
大碑身边，十月把稻谷、麦子、苞谷
大片大片割放山坡上，一捆捆的芬芳

低垂天幕之下，数十万吨的黄金黄里有一老妪
疾步，飞奔向我，镰刀摔得呼呼直响
蒿草里的忧伤们，齐刷刷地躲闪
这心头的挂牵这心里的大河啊，此刻我
任热泪长流，举颅伸臂几乎用尽全身
的力气，从后脚趾根至背身脊骨到喉咙
婴儿般喊出一个字：——娘——！！！

水是我半个身体

娘病危，我返湖南，他是头个拥抱我的人
他啊，逢人便说自己老了，其实他并不老
虽隔壁、邻里、杀羊的、宰狗的见面就老瘪
老瘪喊，其实去年他才刚办场五十岁生日宴
在自家堂屋里摆了几十张铺红绸的桌子，但
噼里啪啦的鞭炮声里，来祝贺的也就几人
那是爷爷的爷爷，那是死了男人的寡妇刘美丽
他喜欢一生却嫁给别人最后又成为寡妇的女宾
还有他兄弟的兄弟再加离了婚的他那瘸脚小妹
他说，这是一个人的节日，不需要太多
太多局外人掺和。在稀落祝贺声里，他声嘶力竭
地唱着刘欢的《从头再来》。吓得满地公鸡母鸡
尖叫着跑得远远的。此时的村庄刚收割完谷子
阳光晴朗，大片白云蜂拥而来，像为他敬生日酒
他从村长位置退下不到一年，这一年
他觉得像第二个五十年。以前，别人跟他路上
招呼，现他和别人招呼。他还喜欢刮脸
他认为男人应该有张干净的脸，所以从来不留须
所以，他喜欢洗脸，多次告诉那不想娶，后来

又娶了的婆姨，水里加些盐，这样洗脸防皱纹
他喜欢水，洗脸时，他正襟危坐，像举办
一场庄严、神圣的盛大仪式。每次酩酊大醉后
喜与人提及水，说早上的水质朴、善良，通晓世故
晚上的水，温顺，像青梅竹马的情人，撩人心扉
他说这对于一个无业中年男人，珍贵无比
客居在异乡南方城市，我也爱铁、胶管水龙头
下软柔之水，也远离衣钵故乡，和我相依为命

雪落故乡（组诗）

（选自《山东文学》2014 年第 9 期中国散文诗人作品大展专号）

金黄谷粒

潜行田埂间，我低颅，低至山坡

裂碑的高度，越过石头

倔强的沉默。迎面而来的刘大爷躬身

拐杖支撑起这张老脸，依旧笑得怪异

声音沙哑，像屋顶挂的孔明纸灯

握住这粗糙手腕，他痉挛手指像穿堂的阵风

病痛，扑面而来。这峻岭上的下午

我是入魔的舞者

伤感的梨花，奔走在门可罗雀的烂泥路

天空安详，枯井闭口不提往事，一切在

保持沉静。空旷里，野草，替代盛装少女

巫师去了异乡，媒婆葬在山冈

雪经常性地轮回，风浩浩荡荡

令万物成长，雨的大殿上

蔷薇花不顾一切暴怒污长绽

我举起，举起成千上万词

以纸为界，写我愧疚，写我无奈的
盛年。这样的下午，青布长衫的祭司
坚持，为心中的神上香
我背向河流，祈祷天空
——请赐予我奔涌而来的
万吨金色饱满谷粒，我想力透纸背
想迎大举朝圣的铿锵十月，巨大镰刀
低语，那禾秆伏地
顶级的授奖词！今夜，请允许我
在纸上画一座村庄，只要黄金色

雪落故乡

雪，越落越大，铺满屋前屋后、山冈
与母亲，走在这雪白的世界
谈着故乡里的事，比如去年村庄发洪水
黑子死在救媳妇的洪水中
比如今年大旱，苞谷收成很少
为争给拔节的禾田灌水，李哥和麻子大打出手
他们头破血流，两个姓氏的族人持刀对峙在
山上的涧水口
镇卫生院也住满伤胳膊
头绑纱布的病人，雪
没有停的意思，比刚才更大了
母亲还在说着……风呼呼地吹来
我贴近母亲，拥住她瘦弱的肩
回来时，我挑着给她买的一担木炭
她拎一袋卫生纸和橙汁
依旧说故乡里的事，比如经年抱病的瓜姑
因大小便失禁，儿子嫌脏，媳妇嫌臭
最后死在粪便里。天空没有晚霞

雪，还没有停的意思
铺满我们的脚印，偶尔
的话语停顿间隙，白，已至我们膝盖
母亲还在说，我在听
听雪落村庄的声，听山冈浑厚的静
在谈到父亲过世时，母亲是高兴的
虽然夜色下，我看不清她脸上的表情
但那低笑声里，我判断，她是愉悦的
她爱父亲高过我，我总把父亲
挂在口，而她——搁置内心，像她的咳
宛如一口一口喝药罐里的药汁
只是从来不喊疼，一生都在——忍！
雪还在落，铺天而来，村庄安静
就剩下我俩吱呀吱呀踩在雪地的脚步声

寻 人 记

你，姓狗，名娃。如没变性，如没整容
应为男
请原谅，如今的科学太发达女变男
或整成人工美女，不是新鲜事
你已离开父母多年
你已离开兄弟、姐妹多年
你离开田、地多年，因为你一直
杳无音信，不知你，是死是活
如果你已发财，就请给娘来一封信
家中如今，就剩她一个亲人了
如果你已经结婚，就请给花花挂个电话
她是个好姑娘，别让她继续等
三十几的闺女了，再拖就没人娶了
她等不起，知道吗，这些年
你娘因为你，哭瞎了眼
家里的田、地，原是承包给别人
如今他（她），已随女奔赴广州了
你的自留地，野草，长得能藏野猪了

你还活着吗，活着就吱一声
冒个泡泡，给你个期限
今年春节你一定要回来，不回来
今后就永远别回来了
因为啊，村长已经，开除你的户籍了
你还活着吗，活着的话，就吱一声
你还回得来吗，狼崽子？！
——悲伤的娘

心 灯

他是圣，他是神，他是谜，他是药匣子
他是村里的命根子
甲病了找他，乙痛了找他
死了人找他看墓地，生了娃找他起名字
罗盘、鬼符走东家住西家
令人不解的是这可是一个瞎了的人
令人不解的是一百零一岁的年龄
仍大块吃肉大碗喝酒高声划拳，我问
这个是我爷爷的爷爷辈的白发老者
他朗声大笑，他吸一口土烟
吐出的烟雾成圆圈状消失
我讶异这一幕的上演，他曰：
他的秘密就是他把灯装在内心
别人总把灯挂在墙上或提在手心
别人的灯遇到风和雨会灭，他的灯不会
这村庄里的盐，我念，犹如贴"中国制造"
标签的粗粮，滋养我经年漂泊
安身立命的——肉身

致父亲信札

在你头上，一堆白发盘根错节
发上面匍匐着一个词，只是这个词
我搜肠刮肚也想不起来
它栖息汉语词典哪一页
在你皱纹皮包骨的脸上
也看到，一个词，扪询所有的街坊、近邻
和兄弟、姐妹，总找不到
这个词叫什么——我
难过、自责，不由悲从中来
我对不住你，有负
你养育我几十年，不仅一粒饭
一口水，从娘肚子养起我，还教会
我人在这个世界上，要做
有良心的人有担当的人
要立地顶天
必须，会感恩，要受人滴水之恩
定涌泉而报
——像条铁血汉子
那年大旱，湘西南谷子颗粒无收

你突发疾病，在田埂上猝死
我狂奔我嚎叫，却嗓门哑如鸭公音
我背向烈日，赤膊上身
用尽肺张扬的力，怒啸、长号
旷野沉静，顽石沉静
唯一唢呐长调般托起
皮革色彩的天空
和一贫如洗的大地，我抱住
漆黑棺椁、捶打，这就是黑白
的人生，这就是含辛茹苦的你
——如春蚕吐丝，成蛹
为什么这么晚才找到这个词
我高举头颅，那么想
这每一个山头上都坐着一个慈祥的你

▌磕磕绊绊的挂牵（组诗）

（选自《上海诗人》2014 年第 3 期）

娘真的老了

砍剁猪草的刀，很有节奏，既快又准
刀声，"咔咔咔——咔咔——"
似马蹄奔腾。不停，雷鸣
红薯藤十几担堆放在屋墙角，一刀刀被砍完
砍出了太阳。砍落了月亮
也砍痛了，煤油灯下的村庄

漏秋雨的日子，从窗外
总见到娘在堂屋内：一个人沉默
一个人苍老
白发、补丁几块、蓝色粗布衣服，卧室内
老式的，雕有凤图案的木床
杉树凳子，娘的背影
以及父亲黑白遗像，像装裱好的镜框。父亲
定格了多年的笑脸
像过年时，家里做红烧肉
烧红的烙铁，烫得娘干瘪的胸肌
吱吱地响，夜半
我惊醒于这灵与肉被灼的疼痛里
我起床，倒一杯热茶给她

与娘，拉拉家事、村里事

离开故乡的日子，漂泊在南方的日子
妹妹的 QQ 头像
总在我上线时一闪一闪
妹妹留言，说，哥，你不在家时
在半夜，娘总抱着父亲的相框
坐在木摇摇椅上
有时候睡得挺香，有时候摇到天亮
娘老了，真的老了，我默默地想
我无语，泪如雨
空闲的日子我画画她的肖像
写写想她的句子，幸福像梦
徜徉在洁白稿纸之端，最后的落款
我总不忘写上：草于深圳北站

故乡的咸

腊八节，我坐上高铁回了趟湖南老家
讶异，村子里还是一万年不变的清冷
唯多了些荒芜和丛生的杂草，少了些
热闹和熟悉的姥姥爷爷们。娘说
这些人你是再也见不到了，她们
有的已经过世，有的已随儿女迁往广州、北京

我默默抚摸身边一棵躬驼的老槐树
像触动陈年往事。村头，卖山寨手机小姑娘
让我想起了卖白米糖的老头，那个时候
我家经济条件不怎么好，我放学的路上
他总会送给我一些白米糖去学校吃，"当当——"
敲、切糖的声音，这辈子要连着筋，带着骨
扯着磕磕绊绊的挂牵了

火 焰 蓝

拾一撮洁白驱赶天空里无边无际的蓝
驱赶想停留的光阴，云
不像唐朝佳丽的骊歌
似黄河的滚滚黄沙似长江的滔天长浪

我想唱，这盛开的杜鹃花却意欲煽动河流回头
我想唱，日行千里，驱赶我一生
捉襟见肘的光阴
我想唱呀，像寻找大地幸福光阴的少女
我想唱呀，像戈壁的斧劈裂痕
寻找汉词里堆砌的弦上知音

骤雨，夹杂着撒哈拉沙漠的尘埃
急风自喜马拉雅山袭来
穿越北极、太平洋温度的是落日，像铜
质地上乘。像我手里的这杯长城干红
我饮尽这厚重葡萄金黄
这今夜大地上孔孟赋尔雅宕香
我把他安放普通百姓小户人家，像野苹果
一样亲近村庄

今夜，君子兰是我的红颜知己
真命天子，大有相见恨晚之意
一起唱啊，我的十三亿兄弟姐妹、父老乡亲
十万里山川河流，五千卷浩浩史诗
今夜我要用键盘唱用鼠标唱
还想用侗家土语像唱侗族大歌那样尽情激昂
在苞谷秸、稻草垛围成的篝火旁：
"嘿哟嘿——嘿哟嘿——"，月色如水的夜
阿妹的笑低垂到了花格子棉布裙上
脸蛋红得像染了大红色素的吉祥蛋！远处
村庄安详，一边是星星一边是月亮
那么辽阔，我的巍巍中国山河

父亲的老单车

那时父亲很年轻，那时流行单车
"永久""凤凰"是让人
眼前发亮的品牌车
父亲那时发誓要买辆单车

再追个姑娘做女朋友，让她
坐后座搂着自己的腰，在村里
在乡里，马路上逛逛
那是多美的事呀，后来
他买了一辆"凤凰"
马路上，帮助一位姑娘
拉了一筐白菜回家，还约姑娘
看电影，傍晚在马路上兜风

后来呢，我问父亲，父亲笑得谦卑
很深情地，望着我母亲的背影
说：我，很爱你的母亲！
她，是我今生最辉煌的传奇！
然后小心翼翼地擦着他的凤凰单车
像对待至亲的人

母亲在这时总会回头说，老头子
你又在说你那点破事哪——
"哪"字略往后挪，有点像
秋天，那抹在金香柚花上的蜂蜜！

这一桶蜜之上的悲伤（组诗）

（选自《都市》2015年第1期）

金苹果

这里的一声鸟鸣，天空的大幕

被缓缓举起，菊花摇曳的山涧深处

毛皮光滑的狐狸眨着狡黠的眼

山上的金苹果熟透了，诱惑着山里的众神

一切是已知的一切是未知的

我坐在一棵菩提树下，安详地

怀抱着温暖的太阳

与坚硬的岩石说着古希腊，而我手里的吉他

正弹奏着，高高低低的音符

它让这里的春茶花慢慢地开

一切就这样发生了

像亚里士多德的剧本、尼采的哲学

偷食禁果的少年，望着远方哭泣不已

因为她，去了一个他不知道的地方

他年年泪流满面地寻找，寻找着爱人

我让岩石开门，少年已经无力再干等

我让雅鲁藏布江停止浩荡，可是

经幡飘动的旗杆，风马纸，冈仁波齐山

的神谕，我的吉他成不了它们的载体
这令我悲伤，我只能默默祈祷
那偷食金苹果的少年，一生平安
因为在这天、地、人之间，无疑
他是我美好愿望化身，像青藏冰山雪域
给澜沧江、恒河、长江、黄河
湄公河、萨尔温江河源头夜以继日地，倾注淡水
滋养半个地球人类的命，鸟鸣声里
我弹着吉他，天空的大幕是那样低垂

为一粒米镀金

必须要经历由青苗，至拔节

涨穗、灌浆，再到扬花，孕育成穗

这个时候，隘口出现了

必须，过五关斩六将

避蝗虫追击，卷叶螟、稻飞虱拦截

慢慢地长

如果雨水充足，便会行程顺利

不遇天旱不遇大风进犯

才会入黄府，黄府深处

刀光剑影，要与秆决绝

要慷慨就义，方能成谷

只是刚脱天险，前方，一种

用铁铸制的机器等候着它

必须要在巨大的疼痛里去皮

继而要忍受烈火与高温煎熬

这才变成一粒白色、剔透

晶莹的食物。看着它

微笑来到我的面前，它说这是缘分

也是命运，无疑

它的高尚，圣洁

让我感到脸红、羞愧！

在它的面前，我是渺小的
在这里，请允许我为一粒米镀金
用圣经里的阿门，用神坛上的佛心
梵文，颂吟它的伟大征程

说到骨头

说到骨头，我会想到我的头颅

说到骨头，我会想到我的肋骨

说到骨头，我会想到气吞山河的英雄

他们是一方土地上的神话

滋养着五十六个民族巨大的胃

比如商王时代比如战国春秋

唐、宋、元、明

比如长长的矛穿透战车

直抵心脏，比如万箭齐发

大浪淘沙，多少英雄豪杰

死于马下，说到骨头

我就会说到英雄，我会想到野花怒放的山坡

以及枯木遍地的荒野，那里白狼嚎啕

那里百年孤独，也只有那里

骨头一直保持原价，远离通货膨胀

说到骨头，我应该

多读历史，在图书馆里

打磨一面骨头做的镜子

常常照照自己

▌审视（组诗）

（选自《山东文学》2015 年第 5 期）

梅花盛开的纸上

这个娴静的上午，不用上班不用
应酬，风鼓动我的衣衫
它只属于我，没有任何规章制度
犹如那抱着天空疾飞的鹭，我羡慕注目
这深南大道上的如梭行人，也同我一样
也欢喜雪花般的鸟翱翔于高楼林立里

在这座城市的街道，我总想在纸上
画辆金色马车，去唐朝长安。再向
春天借壶杏花酒，带上琴、棋、银樽
白天我是马夫，入夜我为书童
穿越市井、戈壁，去面见我心中的诗圣
阳光万籁俱静。这纸上，总想他就坐在
我的马车里。我激动地挥舞着马鞭
——哦，这不是赶路的皮鞭，是笔
还是画一个美人，不是西施，画杨贵妃
请唐明王赐予梅花、铜镜，这样
就可以一起背向天空，面朝大海
狂草洁白纸上，饮酒、抚琴
东边旭日冉冉，西边黄河奔腾

审 视

它飞过城市的喧嚣街道、楼宇
与水泥地覆盖的文化广场，在那块
有些绿色植物的丘壑慢了下来
这是钢筋森林深处的一小块旷野
有橘红、淡黄的花儿堆满
我由始至终地，透过移动的玻璃窗
审视着这一切
像体验生命与春天的悸动

我如往常一样在龙岗赶往福田的地铁上
地铁在风驰行进，窗外的那只白鹭
让我想起千里之外的故土
那春暖花开的春天和忙碌耕耘的老娘
让整日奔波异乡的我眼眶发热

此刻我想车厢内会有千百双眼
和我一样，审视着这只疾飞的白色鹭鸟
像审视自己行走在路上的影子
至少，我认为它是坚韧的
比如它飞过那一朵云的身后
飞过我的路的时候，就让地铁车厢
外的阳光变得更是金黄、璀璨
此刻我闭上眼，像捂着内心最柔软部位

姐 姐

那些人来人往的人群中，各自都有一张
形态不同的脸，神情不同的眼
我选择了那张最疲惫不堪的，我认为那是
我的。如同你枯黄，颤颤落地
离开枝丫，飘向苍茫天空
或山涧、丛林，或阴暗的沟壑、大地
像我那年离开侗寨，像花季的姐姐
离开她少女烂漫的季节
是的，对于亲人的离世，我们
都难以接受

枝丫摇曳的旷野，河流无限孤独
譬如突然谢世的父亲
譬如母亲的嚎啕大哭，村庄里没有人来人往
大雪覆盖的冬日，面对一地落叶
我也认为它们各有一张不同的脸
最美的那片叶儿，是那个十六岁少女的
而油菜地就在邻近，满山油菜们
不顾一切地开满侗寨，三月告诉我
那最金黄最烂漫的一朵，就是
我的姐姐。只是春天的声音很大
我的呼唤声很小，在内心深处

别处蝉鸣

众多小动物总喜欢把自己标榜成大动物
而大动物却总以小动物自称
事实上小动物就是小动物，而大动物
怎样也不会变成小不点，这也许
就叫——境界

比如那些长不高的灌木丛、艾草
被大地拥抱着，被万里阳光普照
而参天古树总把荫蔽献给芸芸众生
这也许，就是大自然的规律
由于每日的凌晨我都要穿过这条
曲长而幽静的城郊林子小道
蝉鸣的声音让我想起和谐该怎样解释
树荫令我悟到情怀一词

细思量，人生就这么短暂，而天与地
玄机深隐。离世多年的父亲的话
又在耳边来回地响，儿子
当你懂得这些，就说明你成熟了
无论你是怎样的年龄和处境！是的
我承认这一切，并祭奠那年少轻狂岁月
这也许，既是人类生命里最漫长的
包括罪恶，包括赐予，及难以挽回的

▌饥寒的身体（组诗）

（选自《诗歌月刊》2016年第2期）

盛 年 记

冬日深圳的早晨阴冷，大地无雨
旷野中电线杆兀立，或铁或水泥的
天空里电线晃动，在无风的凌晨
我裹紧衣服，立马警觉起来
仔细望去，确定那是一只死了的麻雀
僵硬的躯体悬挂在电线上不停晃动
它晃着我的视线它晃着这个静谧的晨
在这个被临时命名为城中村的街头
时光默默，东北面馆的韭菜包子香溢
我在画布上铺开纸，它们的白
令我想起我一个交情深厚的律师兄弟
他三十岁就宣布死了，说这以后自己
就是自己的影子，基本今天模仿昨天
今年模仿去年，你呢？
此时电线杆上的那只麻雀还在晃动
这样的冬天，我们太需要一场荡浩雪事
来埋葬我们经年狼奔豕突的身体
来超度我们难以叙述自圆的内心
我们向往皑皑剔透之北方世界
以及大雪盖顶的冈仁波齐山

饥寒的身体

我每天进门出门都会注视这个酒架

看对峙的、剑拔弩张的红酒、白酒瓶子

它们处在各自的方格世界，像

这海滨城市的阳光广场，欧派华庭

里的天南地北的一群市民

每一个瓶子，每一瓶酒

其实都是一个漂在城市深处的人

在官方的统计数据表上它们是深户、非深户

这个安好的下午，名叫萨特的龙卷风刚刮过

中年的环卫工人顶着烈日修饰狼藉的街道

酒架借这个下午的落日，让一身肉

像白狐、妖孽般华光璀璨

金色阳光照着我的头发，映着城市里的铁

不同的是，我在变老；铁愈发坚硬

所以这一生，我总会念想南山

以及那里怒放的梅花，我是第几个想起南山的人？

我是第几个忘不了梅花的人？

当然第一个，肯定是杨炼了

不同的是他说铜镜，我说法国红酒瓶

他真的是在南山，我像喜剧里的小丑

卡在深圳钢铁的胃里，年复一年的

在这条林荫小道上寻觅一盏灯火与鸟鸣

渴死的鱼

有些鱼，它能上岸
有些鱼，上岸即刻暴毙，比如上吨重的鲸鱼、鲨鱼
深水区它们是帝王，滔天巨浪便是手里万马千军
有些人，能下海
有些人，下海像泥牛入水，比如今年的股市暴跌
这让我想起去年狂升的东股西股、鸟股奇葩股
我给自己素描一下，酷似新版的阿Q
其实，在所有的鱼类中，龟是最长寿的
它总是一动不动地活着
它告诉许多人生命在于运动是一道伪命题

抱恙之年

我深一脚浅一脚地走着
我深一脚浅一脚地活着
其实我是自己的矛
其实我是自己的盾
在南方，我既卖矛又卖盾
盾和矛都是没有问题的，问题在
我们的内心。既然我已经想明白
我想你必然也会明白。其实
我们都欠故乡一个真诚的——道歉！
我深一脚浅一脚地走着
我深一脚浅一脚地活着
我在有铁的地方站着
我在有水泥的地方站着
我在埋葬父母的黄土地上缺席
我在这张纸上，尴尬地磕着长头
纸是洁白如雪。其实故乡无限美好
其实远方也无限美好
这首诗我为中国一亿留守儿童而写
他们在没有父母的村庄犹豫地撑着
她们是美好的　他们是美好的
除了这些，剩下的都是卑鄙的
当然也包括我

江湖之远

在混凝土钢铁胃里，我关注一些人不关注一些人
那些死要面子者、那些虚与委蛇者
那些青眼见不得白银者
还有一些，还真不能说，你明白就好
这个世界上，聪明人做事往往点到为止
像那些八卦大师，像那些风水大师
像那些得禅贤人
一句：天机不可泄露，掩盖前世今生
他们，往往称世界为：江湖
其实，人间到底有没有江湖谁知道？
其实，江湖就是纸糊的
它总是往上，而人性朝下
总之，你不能一切太当真，还是那句话
点到为止，是最智慧的言语，什么都说白
活着就如同木偶行走在道具里了
钢铁胃里，我关注那些关注灰霾的人，比如柴静

我关注那些楼市、股海里的失败者
比如某集团公司疯了的董事长
那些没有社保的病危者，那些留宿街头的弱势者
比如诗人比如民工比如中年失业的男人与女人
反感干净整洁的街道、宽阔的 CBD 单行道
了无人烟，毫无生机，这里没有卖早点的
这里的上帝是城管摩托的警笛声
我在 KTV 里疯狂地扭动我像坏了引擎的轿车
在一杯人头马洋酒的燃烧下，我大脑开始短路
这个酒吧有个很好的名字曰：香湖蜜

向 上

退出喧嚣微信圈，退出 QQ 圈、MSN

退出 4G 网络我隐匿物欲横流之江湖

鸡毛般飘，江河般流

只是，它们坚持往下

而我总想往上，再往上一些

再上几微米，我这样过着已到中年之境

现在我改变活法了

其实很多事物，它们形体向下

而里层是喷气式旋转升高的

比如，天空里那已完成一生使命的

枝丫之上的叶儿们

落在温润的土壤，每日凌晨

我推开窗户瞭见如此的一幕

我感同身受到了它们的喜悦

它通过这早间金色的光线流入我的房间

此刻我的住处突然蓬荜生辉起来

我甚至遗忘了昨日所有的经历

争吵、尴尬与内心的寂寥

心经史（组诗）

（选自《诗歌月刊》2017年第2期）

浮生记

在这座城市住着，我总喜欢去酒吧小憩
去看奢华吊顶灯泼洒出一个宏大阿房宫殿
去看猩红的葡萄酒像孕妇的血液。它柔软
又雪亮撕扯我的脸，不锈钢的椅子扶手
照旧冰凉渗透我的肌肤入心。其实
我就算穷尽一生的力精，也不可能将一截铁
焐热，你说是吧
这该死的身体穿惯了西装，竟
突然想穿——民国的长衫、唐代的服装
甚至无限怀念，对襟、琵琶襟、大襟
斜襟裹体的民国的小家碧玉。如今
这些也只有在派对或戏台上才能穿
上街必须脱掉
回家必须脱掉
工作必须脱掉
当然，若真的想穿，那只能一个人关上防盗门
在城市坚硬的水泥房子里，自己做自己的君王
纸上放一堆烈火，将所有俗事流放边境

城 市 记

房子破了，是可以用水泥修葺的
坚硬之钢铁破了亦用铁匠的铁水
经过机械、电，修补裂痕、残缺、弯折
这叫"焊"或"淬"
上至杀人的工具：枪、炮
下至供人安身立命的楼宇
这也叫工业革命这也叫现代核科技
我们越来越喜欢城市了。这个囚笼
这个超级动物园
我们越来越懂得潜规则
活得也是越来越舒适了
并拒绝皈依村庄
但是我们不快乐但是我们很疲惫
但是我们焦虑但是但是但是
甚至抱怨满腹，世界不好吗？
不对不对不对不对不对，不对不对
是不是也想找个零部件
来补补内心，补补骨头
尤其是人到了一定年纪的时候
比如安全感比如诚信比如公信力
比如比如比如比如如比如比如

房奴记

我这一生，为房子活着

我这一生，为车子活着

我这一生，为首付活着

我这一生，为月供活着

我这一生，为证件活着

目标一边去

计划一边去

理想一边去

故乡，是回不去的故乡

城市，是遭到拒绝的城市

市民中心广场，我听得最多的是：

无房户、单房户、多房户

无房户一身虐气

单房户一身抱怨

多房户一身颐指气使

在大厦里、地铁里、公交站台
每日里，我除了挤公交挤地铁
还挤在城市的夹缝里还挤恐惧
压力压力压力压力
山大山大山大山大
拥挤拥挤拥挤拥挤
老人跌倒了我还是会扶的
我就是一介不入流小市民
我在一条没有希望的路上
充满希望地活着，新闻记者问我
你幸福吗？我微笑起来
——我说我幸福，真的

春 天 记

我不止一次地再三对自己说
你确认那是花吗？是你熟稔至茎的油菜？
是或不是？是也不是？
面对那恣意的黄愤怒地狂奔在地平线
我不由分贝由低抬高到声色俱厉吼起
是也不是？是或不是？
它一直沉默它一直奔跑
我知道它甚至拒绝与我这肤浅之人沟通
而这个喧嚣世界肤浅之人如潮
肤浅之人总是迷醉在肤浅的春日里
仅止于溢美之词
其实，我也惊喜于农人手里的刀、斧
之上的泥土，那便是路径
它通向生命深处。在那里
每一株植物，你都可以与它成为歃血弟兄

这春天里，我只关心泥土是否湿润
我拒绝谈那些时政要闻，比如通货膨胀
比如惊天楼价，以及娱乐明星的花段子
今天就对那暴怒的狂飙的金黄之色
欣喜不已。它们是自由奔放的
天在朗诵，地在朗诵
一群少年疾步向我走来，他们的身后
除了春天，什么也没有
不对，再精确一点点说
还有梦想！他们那么年轻灿烂
就当骗一回自己也行，也要大声通知
这群向我走来的少年

书生记

女人的最高境界是妖，此次成为狐狸精
喜欢妖的男人为极品
喜欢狐的男人为上品
比如商纣王比如聊斋里进京赶考的书生
那旷野深处的墓府与驿馆夜半的陪读
正品皆为凡夫俗子、普罗大众
妖总是奢靡
狐犹如罂粟
以前的妖喜欢蛊惑、帝王之玉玺
以前的狐喜欢题名金榜的士子、举子
如今，妖已经香消玉殒
而狐依然出没市井、巷同里
只是如今痴迷妖的男人我不知还有没有
只知道被狐缠上的男人如今叫"金龟婿"
我们认为人可以缺这缺那，只要不缺钱
圈子、宴会、家族，父子之间的相濡
中学、大学，参加工作——
于是乎，姥姥的话成了真理
我渐渐被淹没在水深火热的城市里
于是乎，提到钱，我就眼睛发亮

返乡记

他的身上我隐约看见了退休闲居的镇长
县长，甚至我的那一位做过副省长的远房亲戚
其实沉默有时候可以是一个男人
其实沉默有时候可以是一个女人
其实沉默有时候可以是一座村庄之抗争
比如红彤的灯笼，绕檐怒飞的红绸缎
立于正堂口的是一位年逾花甲的老者
寂静里无客无恭贺之声，这一个人的沧桑
被衬托得立体而决绝！院外桃花涌动
鸡犬之声，也涌动沉默是金的青石牌坊
它经历了魏、晋、南北朝等，日机轰炸
一切皆是这么吊诡、井然
旷野深处，这真是一个人的盛大之宴会
在这个世界，也只有花甲之年的皮肉
方能抵御这世俗的虎狼之师入侵
不信吗，你可以以你的中年试试
比如说放下一切欲念，只身入轰鸣大地
赤身裸体的
要知道它们号角犀利，招式毒辣
我眼含热泪，盯视这位耄耋之人
仿佛他不是人，他是这世间的一个黑洞
那猎猎鼓飞的衣襟，旗帜般
犹如一个锦瑟时代谢幕在村庄北面

玫 瑰 记

把一个少女等成剩女这事要狠狠批判
赞同赞同赞同赞同赞同赞同赞同赞同
我严重地赞同
把一个少女等成——发如雪之老妪呢
这个世界，你是否也会这样等一个人
又或者有一个这样等你之人
在她的面前，你渺小我渺小
恍若蝼蚁浮沉之身
我不敢去指责一个等人等到双鬓斑白之人
这本身是一首十万行的歌德体叙事大史诗
作为诗人，我要忘情吟唱
在这指鹿为马的荒诞时代
至此，你还敢批评那个人吗
像一截腐烂的朽木头吗
顶端奇异地长出夏花，这叫生命之春天

赞同吗？原谅我，世界本来就是
一半淤泥一半浑水，《增广贤文》讲
人至真无情水至清无鱼。此时间
我忘记了那个少女
我记住了那白头的老妪
我忘记了那腐朽的木头
夏花瞬间占据我本来彷徨的内心
原谅我吧，亲爱的
因为你，我爱死了这残缺的世界

少 年 记

在一条河流急速拐弯处种一株桃树
再于纸上浓墨重彩地勾勒一把砍刀
爱一个人吗？
恨一个人吗？
或者自己这木已成舟的命？

在应水河，几乎所有的女人
都想把桃花碾成香醇的府邸
其实男人是这样想的：用桃树
割一副裹自己的木椁
只是，这也需缘分的
正如你这一生，不是想娶谁
就能与谁生死契阔的，明否？

桃花开的时候老妪也十八岁
花谢的午后最心疼的是邻家少女
喜一袭白衣，独坐一隅是吗
欸乃一声少年郎

内心的屋脊

突兀长出一峭仞险崖，灌满我疲惫视阈
席卷落叶之风煞气暴涨，烈日狩猎云氏十代
逝之音，像父赋予我血肉之躯里的血浆奔流声
父犹如祖先，祖制的村社里仅剩一面裂碑了
我还好还能找到一条河流。火车、高铁、铁鸟
这近代、现代、当代钢铁利器，它们高产
片甲不留的村社废墟。疯狂稗草权倾朝野
抱住娘温热身体，中年的我热泪长流
今天我自己颁诏，我是一无所有的
今天我自己颁诏，我是风声鹤唳的
江河日下，众生日上
其实少年的我能走进石头心里去的
现已不可能了，石之门不知何年已被堵死
注满时光淤泥。这铜铸之春秋
绝崖上拦腰而出的白鸟，安徒生的剧本脚本
这是我完全没有意料到的，我如获金矿
我甚至还期望它长鸣，在这内心的屋脊
只需一声即可，你不妨想想
这将是世界上怎样摄魂的一种魔光
她沿着戈壁深处的紫气
——上帝，这是赐予我肉骨的偏僻地
无论你在与不在，我都喜叫"衣钵"

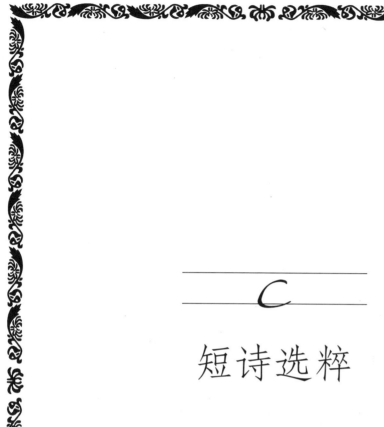

C

短诗选粹

在深圳八卦岭（二首）

（选自《天津文学》2011 年第 10 期）

低 处

天黑了。路灯亮了
我下班走出电梯。我知道下班的路很短
上班的路却很长

沿着路灯下丰腴的乡愁
深圳的街道没有积雪
冬日里连泥泞也没有
悲伤愈发深厚，为这些没有
我的怀念呢，我寻找的心隐隐地疼痛

故乡已经变了很多
妈妈改用 QQ 同我聊天
她的爱，我用 U 盘储存着
用密码加密，小心地保护着，她睡得正香
她睡得正香。和那些腊月的雪景
还有淡淡的牵挂

牵挂，涂在他乡的肌肤
像块红红的烙铁

在深圳八卦岭

廉价的生活用品
廉价的昨天
在一张薄薄的
皱巴巴的三千多元的工资单上
节俭深入骨髓
房价上涨像母猪爬树的故事
不真实
却真实得结结实实
每一次小心翼翼地
想象着明天
焦虑
切入一百甚至一万年后的骨头
疼痛
如当代诗人作品里的小众
一些人懂一些人不懂

春分时节

（选自《诗潮》2012 年第 5 期）

春分时节

燕子北飞今年回家，叫不醒沉睡一季的南方
鹭，很生气，一冲动，就误入了村里的宁静
瓦窑上，村庄里年过九旬的张大爷抱住黄牯牛的脖子
唠叨不停：白鹭回，浸秧谷，春分惊

芒种咯，犁田咯
黄牯牛，"——嗡嘛——"，一声长叫
秧苗未经同意，擅自一节节地长高长壮

插秧的季节，烟雨里，蓑衣、斗笠
田里的水如镜，田里的人成了江南的缩影
父亲、母亲、妹妹，邻里乡亲

春、夏、秋、冬，五谷
山泉、农事与村庄，清如许
绿油油，养活粮仓里的雄壮和铿锵

▍低矮的篱笆

（选自《诗潮》2012 年第 9 期）

低矮的篱笆

低矮的村庄，几座荒弃的古老土砖屋
以及泥巴山路。
村庄是白墙黑瓦。和一些稻田里
长出的洋楼

水泥电线杆，及几处农忙
是我不能再熟悉的湘西南风景
差些湘西，沈从文笔下的神秘
哦，那炊烟，这扇门虚掩着
父亲扶着母亲，走下田埂
那背影就是我的梦魇

妹妹放学归来，笑得异常的清脆
姐姐，不会回来了，她去了
很远很远的地方

叔叔憨笑着，推开竹篱和我说话
我默默地，默默地看着想着
默默地看着我的家。温暖沿着
阳光和柳树发烫
沿着低矮的村庄，沿着我的脸

▌单车拉客仔

（选自 2012 年 7 月《工人日报》文化周刊"柴画作品"专辑）

单车拉客仔

祥子，是中学课本里老舍笔下的小人物

在深圳，我也叫他祥子

在龙岗某个城中村内

我，蹬上了他的人力单车。祥子说

人力单车拉客，人多、客少

要多挣点，得深夜才能收工

因为家里遭水灾要用钱

麦地被淹了，稻田被淹了

祥子言语不多

途中，见到城管或交警

他会穿街走巷，绕一个异常大的弯子

他说这叫"生活"

我到了，下车时

他大汗淋漓踏车远走的背影

像凡·高笔下的油画

汗，被镀上金色太阳

手臂挥舞，似歌谣在风里唱

山坡上的时光（二首）

（选自《诗刊》2012年第3期）

母亲与白菜

山坡上，白菜还没来得及撤退，一场大雪突然地来临
母亲有点急，和奶奶打个招呼，穿上棉大衣围上围巾
抓过扁担，挑上箩筐，匆匆往菜地赶

菜地里，一群白菜碧绿相间，不慌不忙
厚厚的白雪上，白菜身子骨健康、茁壮

母亲有点心疼，扒开积雪时，像要把隆冬毁掉一样
稍微有点偏瘦的，还要抱在怀里，用体温焐一焐暖一暖
一把割禾用的镰刀，闪电般地砍

山路上，母亲的发有点凌乱，脸红彤彤
一担箩筐装得很满，在肩上，疾步下山

堂屋内，祖母早就在灶上燃起了火，炉火正旺
等得最焦急的，就是那厚实圆形木砧板上，几小块水豆腐了

门，好像有点小
母亲进屋时，好像满箩筐的白菜，还挤不进来
祖母拉住母亲的手，猛用力
菜园子里，几乎所有白菜的甜香
全被拉入屋里

山坡上的时光

每当想起父亲的皱纹和田野
疼痛便沿着大地长了出来
就像他背着连翘忙碌的影子
就像他吸水烟枪的姿势

丰收的季节尽管是农民打心眼里梦想的事
但我就是想看他农闲时的模样
不仅他面颊温暖
村庄也是四面八方的暖洋洋

那流淌在屋檐下的农作物
低着头，跟在一群鸡鸭的身后
一场雪一盆炭火，像我全部的幻想

山坡上他常坐的地方，我异常喜欢
哥哥和妹妹也十分喜欢
免不了要偷偷地去山坡上过过瘾，父亲骂了
便感觉满山遍野都是慈祥

深圳小酒馆（二首）

（选自《青年作家》2013年第8期）

静止的村庄

风不会安静。好像，梦里的那棵槐树在颤抖
我说着梦话，泪痕累累
我拥抱我的故乡，可是谁来拥抱我日渐冰凉的肉体
今晚我长着翅膀围着明月飞翔，明月清澈
流滴。猫头鹰哭嚎

山冈，荒地，野草。几座坟茔
我在他乡打磨这些风景。如果可以
真想雇个人来打磨打磨，我这骨头
别喊，一喊就会发炎、疼
只能弯着腰。承受压力
在秋天，像磨盘
在春天，犹如生锈的犁
在静止的村庄里，水，不会安静。只有那煤油灯
像得了风湿病的人，像要打鼓的人

深圳小酒馆

在深圳没有习惯烤火，腊月冬日的夜
铁轨上面的声音隆隆响起，心里
就发烫了。火车，十分钟一班，奔向
大江南北。与蒙古兄弟烫一壶二锅头
酒咕噜地入胃，汗就冒出额头了

来一支港产的雪茄烟，晒首湖南的山歌歌
我的童年，我的小花狗
我的玩伴们，从远方蹦了来，一股青谷子味
瓜子花、粉，沾满衣襟
那年，我用鸡毛弹子，在放学的路上
把放学回家的邻家小女孩，弄伤
她哭的时候，那美，像我的天堂。对面
坐着我的新疆兄弟
一定也在想家，笑得如此纯净

感动了我，也温暖了小酒馆里
一些建筑工人、拉三轮车的，广西或云南
这些喝酒取暖的人。尽管这些人中间
有些人脸色疲惫，也许他们在寻工中
今夜里，我们面色祥和，不问籍贯，干杯
我的好兄弟——

绿 高 地

（选自《西北军事文学》2013 年第 4 期）

绿 高 地

眼前湖泊，星罗棋布
在山脚下或者村前屋后不远处

油菜花像海洋的波浪
馨香，所到之处
雁声虫语随即欢声潮涌

我是静如处子的水
在风轻云淡的日子深居简出

把该省略的省略掉
把该节约的节约起来
像积攒捉襟见肘的水立方
让森林绿色延伸至戈壁沙漠或更远

父亲老了

（选自《时代文学》2013年第8期）

父亲老了

砍剁猪草的刀，很有节奏，既快又准
刀声，"咔咔咔——咔咔——"，似马蹄奔腾。不停，雷鸣
红薯藤十几担堆放在屋墙角，一刀刀被砍完
砍出了太阳。砍落了月亮。也砍痛了，煤油灯下的村庄

漏秋雨的日子，从窗外
总见到父亲在堂屋内：一个人沉默，一个人苍老
白发、补丁几块、蓝色粗布衣服，卧室内
老式的，雕有凤图案的木床，杉树凳子，父亲的背影
以及母亲黑白遗像，像装裱好的镜框。母亲
定格了多年的笑脸，像过年时，家里做红烧肉
烧红的烙铁，烫得父亲干瘪的胸肌吱吱地响，夜半
我惊醒于这灵与肉被灼的痛里，我起床，倒一杯热茶给他
与父亲，拉拉家事、国事

离开故乡的日子，漂泊在南方的日子，妹妹的QQ头像
总在我上线时一闪一闪。妹妹留言，说，哥，你不在家时
在深夜，父亲总抱着母亲的相框，坐在木摇摇椅上
有时候睡得挺香，有时候摇到天亮
父亲老了，真的老了，我默默地想
我无语，泪如雨，空闲的日子我画画他的肖像
写写想他的句子，幸福像梦，徜徉纸上

▌和兄弟掏心窝子（二首）

（选自《星星》诗刊 2014 年第 2 期）

缓缓时光

花凋谢的时候会说一句话
只要春天在我就不怕
果，掉在地上疼痛不已
他知道，自己是再也回不去了
曾经想跟在树身后，蟋蟀是第一个
泄露种子秘密的人
有雨，像挽着太阳腰身的绅士
泥巴的村路，回归土墙院子
如母亲的小孩

扶着河水唱歌的人，有摇犁的父亲
以及黄昏里
背诵《元曲》的白发评书人，石磨碾着
屋檐下的麦粒、豆粒
推动石磨转动的人
像门缝里的那委屈含泪的光阴
已经不年轻了，有些皱有些纹
有些悲壮在骨头里，铿锵铮铮
这些最爱我的人，有些固执不容商榷地

离开

他们是扶着村庄长眠村外的故人

看着我们结婚生子慢慢变老，祝福我们的人

我多想靠近大地，像一条鱼靠近河流的肌肤

用肉体贴近埋葬故人的黄土堆

想在汉赋里越过司马迁未写完的竹卷

想在千年后的村庄里修改文字

桃花不是梦，梨花成了村庄里忧伤的词语

像远离故土的人想索回失去的光阴

和兄弟掏心窝子

兄弟，我想和你商量一件事
你肯定会反对，你肯定会讥笑

最近，想把户口迁去万尺深水里，去那里找一个我
今生前世的女子。她，貂蝉一样倾国倾城
扶着纯黄金的马车缓缓而行，她没有缺点
就算有，那也是水做的误会
兄弟，还有一事
听说那里，没有钢筋水泥的人造森林
乱葬岗一样的摩天大厦、离异，及
贫穷、病死；失业、破产，就算有
那也是心怀叵测的人强加在新闻里的
这一点，大海会同意

不信，你捞一滴清澈的水试试
何时何地，只要风过，阳光过
时光里会纯净得什么也没有。去水里
喝一杯吧，用水做的词铺路，兄弟
我等你呀，在最柔软黄昏，懵懂少年时光里

篱笆上的野玫瑰（二首）

（选自《民族文学》2014年第5期）

纸上马灯

　　鬼狐故事听多了，小时候
　　总是惧怕乡下的夜，尤其是山路上
　　老樟树、杉树叶婆娑的黑色影子
　　每当行至山冈，我便闭上眼狂奔
　　涧水边有些白杨柳斜靠苞谷地，它们
　　一定在偷笑我的胆小，这件事
　　一直是我童年的小秘密

　　过了南瓜地，跑下丝瓜篷
　　心里石头总算落地。犁田的铁犁在望
　　古老的大水车轮在望，水声哗啦哗啦
　　石头磨盘咿呀咿呀的

　　十月，庄稼成熟，禾田柔软金黄
　　寨子把马灯举起时，美好幸福的光阴
　　立马就围拢了来。那些在灯下
　　说嫦娥奔月，纳鞋底的人一茬接一茬地唠
　　可马灯还是那么体态丰满。其实
　　在我心里，它似贴身的小棉袄

　　又像太阳，落在白雪皑皑的大地，我
　　感到温暖异常，麻雀们也心有灵犀
　　叽喳喳——叽喳喳——正叫得极欢

篱笆上的野玫瑰

阿妈走在前头，我跟在后头，每年
十月我回家一次，像做件幸福的事
老屋木墙蚀脱，周围木芙蓉盛开，阿妈说
这檀木凳子、桌子都是芙蓉香味。我感觉
她皱褶的棉袄和颤颤说话声里
几乎，花香扑鼻。看她斑白齐整的发丝
气色竟年轻许多，今夜大地安详
我沉默是金，芙蓉花是嫡亲的人，禅像在说
我静静倾听，爱极了这木质的村庄

来到山坡上，我布鞋上沾满了泥泞
这里阿爸生前蹲过，老姐生前也曾来过
今天哪，太阳和煦温暖
青草地让我满意，白云是我的神
澄静天空呀，犹如我的九五之尊
面朝振翅飞翔的鸟儿们
我想像孩子一样，幸福与竹篱笆共分享

路是碎石子铺的，那头是去省城的车站

告诉你，我还想坐上火车，去一趟
野玫瑰偏远的故乡，明天还想搭上纸飞机
把桐子花喊到河堤旁。不允许说，不可能
我对自己轻轻地讲，眼角闪烁泪花
煤油灯下，姥姥慈祥满面
那穿针走线，手摇棉纺车，云水谣般
她祈颂亲人平安，她颂祈爱人安康
时光顿首——我顿悟

D

新作选粹

深圳笔记（组诗）

烤鱼的兄弟

不知他是否正常，有人总说他神经有问题
看起来并无不妥，见到老者或熟人彬彬有礼
见到孩子会亲切地抱抱。我对他挺有好感的
喜欢他有时对路边橡树说话，说些我听不懂的
潮汕话。他神情凝重的脸，一定抑制悲痛
其实他挺忙，在深圳城中村夜市摆了个烧烤档
烤生蚝的手艺精湛，食客络绎不绝
开宝马、驾大奔的，骑单车和下班的巴士司机
收破铜烂铁的，大小足浴城、美容院的姑娘们
总之吃客云集，三教九流，经常有酩酊大醉者
有借故闹事者，这一切很有条理出现，并发生
那些说他有病的人，也隔三差五地来，喝得
油光满面，用粤语数落这个厨艺顶尖，他们
认为有病的烧烤档老板。大口嚼咽色香味俱全
的铁板烧扇贝、石锅黄鳝、白条子、海蟹
我也来这里，邀三五兄弟喝茶，吃他烤的糍粑

秋刀鱼，我们侃得最多的，不是他是否有病
谈他的潮州，谈他的猎鱼妻儿和渔民的收成
奢华如水的南方夜，车流、人流、客流、灯流
潮滚永不落幕。他忙着收钱，他忙着招呼客人，他
忙加炭、烤鱼。在这城中村里，他也是外乡人
我的眼里，他像我兄长，但他太过沉默
他如此表达自己，也许没有错，如那踩三轮车
喊着收纸皮咯，收废品咯的湖北老头，也肩担
一个家庭所有开支，坚持在烈日下奔袭

过香蜜湖

巴士车上，乘务员面无表情的，报站名：
白石洲、民俗文化村、世博园、欢乐谷
司机面无表情地停、靠站，按动电闸开、关门
继续前行。这南方城市的夏天，烈日如炉火
像要煮尽那些马路上修理马路人刚喝的水
修路机器轰鸣，路边工业区机器轰鸣
车内冷气徐徐吹，有人昏睡，有人高谈阔论
有人发呆，有人在觊觎某女的脸、丝质衣裙
有人在摆弄苹果6，玩微信。我，很无聊
没头没脑思考一些无聊问题。车又靠站
上来位挎绿环保袋的老太，一个抱婴儿的
母亲。乘务员白她们一眼，撕票，找零
巴士过了世界之窗，过了锦绣中华，停在
特区报社站。又上来个大肚孕妇，她额淌
细密汗珠，老太慌忙起身，小心扶着她
让出座位。老太站在通道，手抓车厢的铁壁
我揉揉站得酸痛的腿，无奈把视线移向窗外
我下车，老太也下，还有那位抱婴儿的母亲
老太走着说，记得给崽换尿布，回去别吵
他做生意、应酬也不容易，能凑合就过吧
当初说过你，嫁外省男人要慎重
像买香蜜湖的房子，哪能说换就换，钱不易赚
上天桥时，抱婴儿母亲往桥下西香梅北

老太和我同行。我们聊刚才的事和北方的亲人
她笑起来，极像我老家的母亲，见桥上卖唱残疾人
她蹲下，把一枚硬币，凝重地投进那碗里
在报刊亭，我买份香港商报，还想找份诗歌刊物
老板说，三年前就不进这类书了，没人看
亏本，卖不出去。我苦笑把投在那些心灵鸡汤
励志类书籍上的目光，收回，老太有点不解
你还看这种书啊？她说没退休前，在任教的大学
有学生也很喜欢看，她喜欢她们读诗时娴静的脸
她谈到她的小女儿，不看书不看报
但喜看电视、手机，饭桌上，家人在一起的时候
我有点脸红、羞愧，和亲人、朋友在一起
我也是手机控电脑控，这个下午，我不停责备自己
车内，乘务员和司机，还是面无表情。车门
一开一合，上车的人机械复制下车人的动作
一心一意地摆弄手机、平板电脑。我苦笑
又想到腾位让座的老太太，想她的环保袋
葱茏般的绿，森林般的影子扬动在物欲横流的
钢铁都市。年底若回乡，我一定要多住些日子

半盏灯

此人，是我多年的兄弟，河北人。没事
或有事，我们经常，去市民广场草地坐坐
也会去上岛咖啡、广府酒楼下午茶市。而我总喜欢
吃辣，红的、绿的、干的、酸的全上。他滴辣不沾
有时我们也会在大厦楼道静坐，他总伸手，关掉
灯。他说他喜欢黑，很多东西只要开灯就没有了
来深圳多年，尽管早是深圳户籍，但他从没把自己当
正宗的广东人。他说，这是没法子的事，骨子里
就是改变不了。他说了很多次，为自己滑稽的身份
其实这座海滨城市，这是许多人心头的结，我劝他
也许孩子们长大就不会这样，毕竟是这里土生
土长。所以，很多时候，在家他也总经常性关灯
漆黑时光里，像拥有座另外的屋子，屋子里
有高龄父母，及他们身上好闻的泥土、亲人味
妻子拧亮灯，那另外的屋子就消失了。只是这些
他从不在妻子面前说起，他知道，在妻子的眼里
他硬汉一条，一米八五的身板，声若轰雷。所以
每次他电话约我，我无论多忙，也要和他去去
某处。关掉灯，我也像拥有另外一个空间，或屋子

世 相 画

　　不知在你眼里，标志性东西是什么，如果
说城市，我和你一样，想到的一定是地标建筑物
例如深圳，像赛格、京基100大厦、世界之窗
像华强北，或者东门老街。这些我们耳熟能详的
除了这些呢，生活在这座沿海、四季如春的城市
很想问问那些上下班挤公交、地铁的人，希望
能找一个令我满意的答案。但是，他们的脸上
似乎找到结果，和我一样，都是忙得忘记自己了
只有在拥挤地铁上才想起自己是哪个省的。而
此时，车厢人头攒动、拥挤，想事物只能凭粗糙
断续的记忆花絮进行，艰难中多半是故乡的大幕
比如说到下雪了没，比如说到割禾了没，保重身体
在那些南腔北调嘈杂电话声里，那么多强装的笑
僵硬挂在胖的、瘦的脸上。被包装过的高音、低音
通过手机传送给电话那头，表示着一种满心喜悦
我极喜欢这真诚说善意谎言的人，而且和最亲的人
我不由恍然大悟。这些就是我要问的
是我内心里标志性的东西，也许在他们眼里
我亦被如此析解，经常，我也是如此给娘电话

炸 雷 雨

炸雷雨如注而来。我毫无准备，其实我为这
毫无准备的事高兴。走在地铁站下水泥马路
我能感觉到，这一生，太多事
不会给人预设好的发生，譬如节外生枝
虽有时我是悲伤或巨大的喜。所以，人
活着，才如此美好，难以割舍
避雨的地方没有，绿化带矮灌木丛也藏不了身
这条路，宽敞、笔直，车流犹如过江之鲫
原来这路叫深惠路，因大运场馆：水晶之城
建此处，城市重新规划，不仅修悬空的地铁
四处栽种名贵树木，路也改名，现名龙岗大道
此时正夏季，人工花坛里那些我叫不出名字的花
开得正红。也是，它们能拒绝很多事物，像
秋风来，挺直腰杆，就不会摇摆。但找不到理由
不开放花呀。就像，这条路被易名。我想到
这里时，雨水已经滂沱、瓢盆地暴涨路面
排水沟了。那些钢筋水泥的楼和广告牌
正酣畅地与雨水交织在街道上。这种感觉
让我词尽，失语地哑笑。那些撑雨伞的人
那些坐车里隔着玻璃看雨的人，我真切感受到

他们诧异眼神，他们一定以为我是个疯子，要么就是一个不正常的人。不然怎么一个人，慢慢走在铺天盖地的大雨里？记得这种情节在某些好莱坞电影大片或韩剧里经常性发生，我理解他们。这种违背常规的事件，换作是我，也会如此判断。像那林荫丛里的天然小植物，其实在这个世界，它与我们没有区别，就像你和我可以拒绝自己不喜欢的东西，但我们能

拒生老、病死吗？想到这里，我开始微笑起来

老 板 娘

比较古老，似很小就常听到有人这么叫
在我家乡湖南永州或长沙。或这座中国特区之城
依能听到街上铺头，小五金店、云吞店、餐馆叫唤
我住的楼下，一个福建来的中年女子，开了家
24 小时便利店，经营啤酒粮油、干果核桃，日用品
她说老公开出租车，三个孩子在一家民办私立小学
读书。跟我说这些时，能感觉到她喜溢言表的脸
虽这脸长满黄褐斑、痣，苍白带鱼尾纹和亚健康
话语分贝高，像桌上瓷碗破裂，不时引来往行人侧目
我知道，她不仅想把话说给我听，更想告知这个世界
我写作时不仅吸烟还偶尔喝点葡萄干红，或小烧
故我常到楼下这店铺购物，和她，我能感觉像朋友
但又感觉不是。就像你和公司里某些同事的关系
一些话只想说，其实并不是在征求你的意见。又
或说了就忘了的那种，如一面之交的朋友，这也是
我喜欢这个城市的原因
只是，今天，她有些异样，像个通宵达旦哭泣的人
不仅说话声嘶哑、颤抖，眼也红肿得厉害。我在叫
"老板娘——"的时候，她又开始说话，她说大儿子
昨天被一辆泥土车撞了，残了，老公正在医院处理
此次，她压低声音，她真是不想让这个世界听见！

罪己书

——之所以还活着，在这个世界，这对于我
真是奇迹。之所以，写一些支离破碎的
文字，因为自己一身的愧疚，无处表述
在别人的城市坚持活着，是给自己机会——忏悔
不知道你是否，是这样。我喜欢这潜伏
低处的蝼蚁、蛙鸣，看陪伴她们的
那些泥、灌木丛，袒开着湿润真实的胸脯
抱紧不断长高的艾叶、稗草。像一家人！
高处的寂寥，和雪白云朵，我是长年不敢看的
这些，总让我无颜面对，总让我想到湘西南地
流尽最后一滴水的河床，野猫出没的田、旷野
很惭愧，我还是艰难地称它为芦苇荡
那些想回水域的乌篷啊，犹如我这难以
回乡的肉身。最让我，心疼不已的
那里还有父亲破败、旧了的坟茔。想到这里
我蹲下身子，真的，害怕那些经年
——沉默的石山，觊觎到彷徨内心，但请相信
我真的爱你（村庄），尽管漂流南方难为你做什么
（虽年已三十，除了一无所有，唯剩一贫如洗）
只能用蹩脚、廉价、小众的诗来低唱你
其实，颠沛流离在南方魔幻之城
我就像只空前绝后的鸟，白云吐出的天空
永恒是我一个人策马、仗剑长啸的江湖

▌别处或低处（组诗）

南　方

修钟表铺的隔壁就是这个电话亭
也许是离工业区比较近的缘故，其他的电话亭
相继在这座叫长岭的城中村里关门、撤离
只有它，这连个招牌也没有的小店，竟奇迹般
每天都有不停来打电话回老家的人
这些人有男有女，老的少的，操着嘈杂的方言
要是打电话的人多，他们就在钟表铺里瞎看
问得最多的就是有没二手名牌表卖？这让
修表的师傅很不耐烦，他真不明白，这些
菜市场卖菜的、工厂工人，怎么老喜欢二手货！

这时，一个脸色蜡黄，像没睡醒的肥仔
来到店里，他掏出一个一看就知道在旧货市场
买的手机，说坏了，问能不能给修修
修表的师傅低头说了句谁也听不懂的话，那样子
像在说，我操！（意思：混蛋，你也不看看
我这是钟表店？！）

这时，电话亭里有刺耳的哭腔四处跌撞

像在说，上个月不是打回去五千块，怎么又没钱了？
你以为我在南方是在捡钱啊，这些钱都是半年的工资
没日没夜加班才领到的，你以为……

这时，一个买烟的小伙刚走到那棵荔枝树下
对面厂区五楼的一个窗口泼出一桶不知是洗衣水
还是洗脚水，结结实实地落在小伙头上、身上
小伙抬头，颈上青筋暴露，我看得很清楚
这是一个男人要彻底爆发前的脸。他骂人的声音
像高音喇叭震得这条巷子嗡嗡地来回响
龟孙子，骚货，贼日的，有种站出来啊
有娘生没娘教的杂碎……

这时，一个蓝眼、白头发的老外骑着单车
路过。他身上红色的体恤印着"×× 国际"
我看见他笑，我听见他说 OK！ OK！
他并不惊讶。这个老外一定非常热爱生活
我想，不由多看了几眼他

这里是八卦六十四路，前方是深南大道
后面是农贸市场，小商品批发中心，保税区工业园
河的对岸就是深圳华强北，能看到国贸大厦闪闪发亮
的霓虹灯和地铁低沉滚来的——啼鸣

老八兄弟

老八，不会用电脑，所以不会上网
老八是那种叫加班就加班，叫通宵就通宵
没有怨言的好人。张三喜欢他，李四也喜欢他
又到年底，他焦急地四处托人在网上订火车票
无奈这城中村里的网吧网速像蜗牛
帮他订票的我总是被别人抢先一步
大年25的深夜，他从外面扛回一辆破旧单车
他说要骑单车赶回老家湖南过年
我帮他算过这笔帐，广东和湖南虽是邻省
但也有一千多公里的脚程，得过清远的大山悬崖
湖南境内的蓝山、宁远、双牌县崎岖盘山公路

在我的劝说无效下，老八启程了
单车的后货架上绑着一个鼓鼓的蛇皮袋
装的食物很少，给孩子的各种玩具多
给父母亲的营养品多，给妻子的衣服、饰品
也多。这个憨厚的湖南汉子，在他临行前
我禁不住深情拥抱他，叮咛他一路小心
祝福他一路顺风。三天后，接到他的电话
他说他到家了，只是单车两个轮子扁了、车废了

我说你骑单车回家过年，你家人怎么说你
他说，他们什么也没说，他们哭了，我无言
握住手机的手在颤抖，有股想哭的冲动
默念他三天三夜的骑程，雪地、盘山公路上
连夜奔袭、顶风在路途——那坚韧那内心

出租屋里的狗

骨头的女友波波最近在宠物市场买回一条狗
白毛像被烧焦过，这条狗是条婴儿狗，准确点
不是买，捡到的。也就是说，这是条没家的流浪狗
狗在出租屋里上蹿下跳，汪汪乱叫
狗在这栋楼阶梯、走廊到处钻门缝，像在寻找亲人
狗在四处活动时，四处拉稀拉尿
于是，有人在出租屋的走廊墙上、柱上
四处张贴抗议书：这里是人住的，不是狗住的
请养狗的那家记住，别侵犯人权！

字，有用大头笔写的，歪歪扭扭
看上去像是文化程度不高。也有用电脑设计
打印的，文本精美，抬头字宋体、小一，加粗
正文仿宋三号体，行距一点五，一看就知是专业秘书
内容：郑重警告，鉴于本楼近日公共环境严重污染
空气指数负数增长，已威胁到人类健康，请将狗驱逐出境
否则后果自负！署名：同是在外谋生租房的人
接着，骨头接到房东通牒：要养狗可以，请
这个字说得很重，另谋佳处入住

骨头对女友说，还是别养狗狗了，让它去街上自由

女友说，不行，它就像没娘的孩子，在街上
随时都会被汽车轧死
骨头的女友是在孤儿院长大的孤儿，她爱这条狗
像爱自己。她说，骨头你不要狗就是不要我
狗也有生长在这个世界上的权利，谁也剥夺不了
我手里有养犬证，过道卫生我每天打扫，我怎么了？
你怎不问问你怎么了？神经，一栋楼全是神经
搬家的时候，在横穿红绿灯的时候，一辆宝马轿车
轧死了这条狗！骨头目瞪口呆，他的女友目瞪口呆

请让我也抒情一回

若要给我春天，我想一个已足够
采摘一朵最美的花插在娘的发簪上，村庄
就会失去控制，万紫千红——
说到秋天，给我一百个也不多
因为在秋天里有一个中秋的节日，可以思念
死去的姐姐、父亲。也可以做一些蒂克之事
比如去想青梅竹马的她，比如月下对她说
我爱你！在远离衣钵之地的远方，把橡树
当成至亲的胞兄胞弟胞妹。其他的
我可以不要，像那些柔软的夏天
像那些白雪覆盖河流的冬天
或者，我拿它们和你兑换，兑换你的
一个春天零一百个秋天，只要你愿意
我可以倾家荡产，不怕一无所有
虽然，我至今已经潦草地耗掉前三十年人生
但至少还有后三十年若水光阴，兄弟！

▌大书特书（组诗）

吉祥幸福

　　恢宏金色圆顶。希伯来文《圣经》里的词藻
它让我想到中世纪教堂、宇宙诸神居住的大屋
若你远离衣钵故土在异国起早摸黑，郁疾独行
会否想起这个词？或许在纽约、伦敦、俄罗斯
的郊区或小镇，柏拉图的作品里你见过
我第一次在一部意大利的电影里，见到
唯美3D很真实把它低低推入视野。同时有一位
街边狂追孩子的年轻母亲，我视线真的越过她们
看到这世界难让人说得清楚的温情。并固执将她
理解为法国浪漫的巨幅油画，所以，我独处时
喜欢听萨克斯曲子。这来自比利时的木管乐，
犹如一个人大声说着，看，那金色圆顶！
看，那金色圆顶上的日头！我无法抵制，
昏昏欲睡中，电影还在继续，神父问花楸树下的学者
在那圆顶之上看到了什么？神父还问了许多人
她们回答不是神父想要的。她们说，荣华富贵
他们说官运显赫！折回路上，陡跳出一衣衫褴褛、
脸色蜡黄的乞丐，他说，不！他看见的是祝福，
是死去的父亲临终时留给他的！我内心紧拧
震撼！我也看到，和蔼、熟悉的声音贯耳若雷
我父亲多年前也死于一场大病，那日我在广东
某公司正打暑期工。那年也正全球金融海啸
小妹说父亲弥留之际祝我吉祥幸福！所以
我现在，最喜欢说幸福吉祥这个词

134

BEN SHI　Chai Hua

大书特书

在这个世界上，也许你和我一样，一样面对
有很多无奈事，有许多不想做又不得不做的事
像那些我们喜欢的，像那些我们十分自豪的
但有喜欢就会有厌恶，有自豪就会有不尽人意
好比想起认识某些人是一种错误，也不可忘记
人最大的残缺就是记忆！它似罂粟
开最美的花，结剧毒的果。这些，我们可以
有选择性隔离，像你的笔记本，或台式电脑，只要
高兴，我们就给他洗脑，只要乐意，即刻格式化
硬盘，换掉 CPU，甚至完全可以再去
买台配置更高的机器。也许，做这些事时你
想过，这世界上怎么没有让人脑格式化的软件？
这极荒谬的问题，不知道那位秀丽女子是否想
还有那炒卖地皮暴发的商贾。也许，靓丽女子
高档轿车里的中年人，想有一套牢不可破的程序
像防火墙一样，可以不断更新，可以不断升级
世界越来越难让人琢磨，我又想到康德、黑格尔
想到《小逻辑》，想罂粟花的悲情，哲人赋予它
美丽之母的内核！二十一世纪，你喜欢什么？我
穿过影子喜欢危险之罂粟花，我想让岁月捉襟
见肘，失去理智，让这南方街道卖盗版碟的孩子
成为传奇！直至看到他灿烂地笑天空白云飘来

别省兄弟

辽宁兄弟说他的胃，是那个贵州女孩的骸做的
里面蠕动的，全是那张，好看的瓜子脸
我理解，背井离乡，怀春系少男秉性，哪怕离异者
也有爱别人的权利。只是，希望他运气好，不然
某一天，医生的精钢手术刀，也不能治好他的胃疼
身边像他这样的兄弟的确不多了，这个悲伤起来
如孩子一样的男人。某一天，他竟突然说，不爱了
说爱不起，给不了她车子、房子，不想活了
怨自己怎么不死。看他二十八岁的脸，我沉默半晌
其实在高物价南方，拿一份普通薪水，死也死不起
比如造价不菲的陵园、墓位
只是这句话，我说不出口，我不该这样想的
有点愧对兄弟。我应该说些鼓励他的话，譬如
明天会好起来，汉堡、披萨会有的。我苦笑
很难做到假话当真话说出来，我穿过南方
穿过地铁站、街道，拥挤人群、盲流，这个城市
夏天的花竞相开得——无与伦比的美，只是
这里没冬天，湖南的冬日总大雪覆盖、纷飞

来自浙江的鞋匠

那天，要不是我在深南大道天桥上滑了一跤
鞋子就不会破，鞋子不破，我就不会去补
自然不会到桥阶梯下补鞋摊，更不会无意间听到
补鞋师傅的电话
我脱鞋，坐下，补到一半，鞋匠电话响
似是个人隐私电话，他想起身，腿上绑着白纱药布
我知趣地起身想避开，可我没有鞋子，
旁边的汉堡店、麦当劳正播放着一首德国名曲
音质十分轻柔、缓慢、伤感
他还是接了电话
一声你好之后，就吼了起来，继之嚎啕大哭
泪流满面，他说浙江土话，我还是听得明白
他说，我求求你行吗，别丢下孩子丢下我跟那人走
我不怕苦和累，卸了骨头也让你过上好日子
我在鞋摊凳子上如坐针毡！难过地在这他乡僻静处
听一外乡中年男人号啕大哭。我尴尬
真的很想说几句安慰，我们除了临时交易关系
是不熟悉的，我也知道，我此时开口是不妥的
那首忧伤的外国音乐，还在唱，像这座城市

里的海，水躬起波浪的背，涌动在街道
摩天大厦之间，也荡漾在鞋匠蜡黄的脸上
这无比奢华的南方城市啊！突然，他话语停住
关了手机，补我的鞋子。默默、细致地引针走线
我的鞋子补好了，我穿上鞋子，心隐隐地疼
这无比奢华的南方城市啊，究竟还有多少
多少这样的人，流血泪打拼？菜摊边的年轻人啊
我真愿他有个美好前程！和这奶茶店的残疾大姐

钢筋森林

和我在一起，他总是靠着那面——墙

有时是新安古城半截断墙，有时候是室内的

被装潢得极度精致唯美的花岗岩大理石墙

（他告诉过我，屋内精装修几乎花尽毕生积蓄）

凝视他干瘦的面颊，我不由想到

这墙与墙的差异，还是喜欢他郊外的脸上表情

比楼宇深处家里的脸多许多喜悦

他的脸，在阳台阳光折射下看去是那么灿烂

像搁置在我心头恰到好处的——希腊雕塑

我甚至不忍惊扰他，因为怕那些金色

随时滑落在沉静时光里，变成遗憾

这个异乡的下午，蝉也像睡着了一般

（我还是忘了，蝉是生活在苹果树、枣树上

——它怎会来繁华闹市？你说是吗）

他说潮州人等于犹太人，有着狐狸般的智慧

而我透过他墙上的影子，感觉那些挂在他头上的

西式钟表、西洋油画，像要塌、掉下一样

我抑制不住的心头微颤，有种
树叶被风拂动的落寞！说起来真的令人
令人难以置信，此时我竟能保持缄默
静静对他，与这面被油漆、甲醛等工业材料
羁押的厚墙，安详坐到灯火阑珊的子夜——
其实，这也是我们给自己放牧的一种方式

地 气

住在三十层高楼，云是兄弟，天是母亲
雨犹如未出嫁的女子偶尔摇曳裙裾，过往窗外
那些长在地上的榕树、梧桐，和我疏远了
我有点悲伤，我成了一个不接地气的俗人
所以，见到泥土，就像见到血缘亲戚
这座城市里，我养成了咳嗽的毛病，还贫血
最喜欢在人民公园或广场晒太阳，看着那些
盛开的荷花，真想在它的旁边建座房子
永久居住。这是臆想之外的臆想
不知道艾略特这样想过没有，茨维塔耶娃
至少曾这样把这些人生细微以随机词
方式写入她庞大的情感世界。如那
描写圆顶教堂钟声，和猩红火焰的长短句
其实，住在高处，也并不是没有好处
可以看没有国界的蓝，可以在时光的巅峰
与伟大的人接近。看他面部喜和悲的表情
这一生，做不了伟大的人，看看
想想，是可以的。忘却自己卑微的肉身
忘却那些你不可以选择的。是可以，在这个
世界上——做个满心欢喜的人的

金色少年

这里不是红色的树林，就像兄弟叫毛仔，其实
并不是浑身长满茸茸的毛，只是地名人名而已
要不是在红树林看海，那小女孩的话给予点醒
对于诸多事物，我也同你一样，毫无兴趣
她说，妈妈，红树林，为什么树不是红的？
没有红树的地方怎么叫红树林？骗人！
我看着目瞪口呆的年轻妈妈，禁不住
笑。这让我想起，笛卡尔说的，眼睛看到的
不一定是真实，耳朵听到，不能说是假事物
看着对面的香港，楼宇林立，轮廓模糊
而近处的蛙鸣、水波舒展，四面安静，来往
的行人颇多，但没有人想这里为什么被叫做
红树林。小女孩的关心，是真实的，在这个世界
孩子的世界与我们的世界是截然不同
孩子世界真实纯净，如同你小的时候
是啊，很多人，想永远做一个孩子，别长大
长高，别知道太多事情。比如像这个小女孩
一样问事情，比如红树林，比如跟在妈妈身后
像人到而立之年的我，就破天荒想时光倒流
倒流至咿呀学语的年纪，倒流至放牛郎的年纪

大音区

今天只想做与工作无关的事，故今天净身出门
这是一个远离北方的夏天。南方银行密布，大厦们
喧嚣，风是明察秋毫的，所以——我沐浴更衣
剃净脸上浓密的须茬，向喜马拉雅山来的白云
要个好心情，跟野蓝的天空打个招呼
在南方机场之上画个笑脸，与经年漂泊世界的水
一起，把脚印踩在静谧光阴里。这是个开满鲜花
的夏天，这是个春天刚过的夏天，这是个
只可以说爱不可以说疼的夏天。所以——我沐浴更衣
上教堂钟楼的最顶层，我想向神要根纯金的拐杖
给我年老多病的母亲。至于父亲，他已经去世
我想求神赐予他镀金的天堂，让他墓地的青草常绿
松柏郁葱苍天！还想把一些美好祝福
带给我的兄弟、姐妹，远房亲戚、邻村众人
所以——我沐浴更衣，脸朝北方以北
今天不是什么节日，是我一个人的三十岁节日
地铁没有延伸到这里，这里离公交站台也很远
只有一条长满蒲公英、松柏树的小路扶着脚

离我的心最近。天空是懂我的，无云而亲切
还让金色风铃摇动窗帘下的夏天，我变得
安详起来。翻开朋友送我的诗集，读她的名字
南方声色犬马的大街、大工业区的铁、腐味
浓重的员工宿舍。她那么喜用省略符号，如省略
一万行空白！让我去想，那些尴尬与温暖

身体里的虎（组诗）

记 禅

取火栖息。与一草一木肌体相亲
同一山执手，终老肉灵
人心唯危，是
道心唯微，是
知了轻颂的，怎么听都像自己的
前世今生。回眸这兵荒马乱一身
还是见山是山。不得普！
我羡慕镜子
不悲不喜之木心。比如镜中花
水也是，比如入夜银月
我只要弯腰一细看，泪便落了下来
请别提南山，此时此刻
是，一介凡夫，为尘
是，一介布衣，为埃
人，只要是步入中年
天下每一株花，皆可称之你的同志
战友。山不过来，那就过去
与一木一草相习，取火栖息
白也不惊黑也不惊

身体里的虎

喜遇一场皑皑雪，将我之肉吞没
那么这血液里伺机待动的邪恶
也就被冻结了！像昨天宣告破产的兄弟 A
一个看上去无比维也纳的世界
雪域里那条被截流的河床
我看了又看
雪域里那座被裹的小山城
我看了又看
雪域里那个老态龙钟的妪
我看了又看
我卑微生命里，无能为力之事太多
故特别希望一场铺天大雪来速冻我
分崩离析秒肢我都市里虚伪的盛大
那条河叫应水河，属湘水支流之一
雪域里，那处于亚健康的妇人
是我的母亲。我奢想城市也好
村社也好，一年只有
一个季节：雪如冈仁波齐

苟 活

也许你不会相信，我如今一把年纪
仍活着，我只会对每日升起的太阳仰视
其实，月亮，是专门用来抒情的
不能说它毫无是处
正如不能说玫瑰和菊花
它们一个隐喻爱，一个吊唁死者
倘若你是人到四十或者垂暮之年
那么，我想请教一个问题：
你这一生仰视过谁？姑且不谈深情凝视
这过于平庸和大众化
——对，还有俯视。或者再粗糙一些说
比如斜视比如鄙视

当你对这一切无动于衷时，那么可以肯定说
你一定老了，"拒绝"便是——默认

形 而 檾

自从老族长死后，新村长是唯一的
乡绅的故事也戛然而止。其实族长
相当于河流之床
没有载体的水的消失是自然逻辑
我是不止一次地对穹顶下的荒芜暗自神伤
我是不止一次地
对陌生与半陌生之间的人唠叨
怀念，对于一个屌丝之男来说
是五马分尸、腰斩、剥皮，人彘之刑
——拆，还在进行
仅剩的一面民国的石墙
又被画上雪亮的"拆"
如今方圆几十里的村社只有钢筋水泥的楼
这是片甲不留的高原
现代化的楼，大地之裂痕

磐石之上

山冈的背后是万丈悬崖，祖父告诉我

那崖下不知死了多少只黑色的乌鸦——殉情

其实在我的内心里，我真的很想看一次

鸟殉情的情景！这变态的想法啊

这个念想一直陪着我这兵荒马乱的人生

再次出现在这道悬崖边，唯见春天静好

阳光柔软犹如一位风姿绰约的少女

安静的峡谷里，我期待着我的期待

直至天黑我也没有见到什么什么鸟

也许这是一个惊天的谎言。我甚至怀疑

死去多年的祖父，是否欺骗我？

直到那只一身漆黑的乌鸦号叫着战斗机般

坠向悬崖下的突兀磐石，我浑身血液沸腾起来

这斗牛士之躯，它在复辟洪荒年代

开启新纪元一般！此生我做了什么？

浑浑噩噩地活着，僵尸般行走街市

既不能让罪恶肉体退朝大地

也不能令廉价的文字永垂不朽

若我是那只鸟，那么在我生命垂危于世界之际

应该对你说些什么？那鸟之鸣许是真理

只是我们从来不屑于去相信，在批评历史之际

又在顽固地继续循规蹈矩

狗碎鸡零

河流总处乱不惊，海受不得半点委屈
我们于是都喜欢海，于是便有了
海子的自杀。其实当时山海关的轰鸣火车
与铁轨只不过是一种载体而已
近三十年了，我们除了每年祭奠屈大夫
还会怀念把海当头颅踢的那个桀骜青年
在这个狗碎鸡零的年代，他几乎
是我们这个时代的病灶和风口
这一天，沉默本身就是晦涩之诗
而花开三月，只不过是上帝赐予这个春天
厚重而粗犷的墓碑而已。其实某些事
不一定非得说出来，其实有些时候的沉默
本身就是一种高度。其实在今天
我们只须记住他的名字即可，没必要
沿街叫卖一个诗人的肋骨和名字！其实
烧烤档东北兄弟叫卖羊肉串声比我们大
他那钢刀、钢叉锐利而明晃，刀叉们似乎
在表达愤怒。是不是这个泡沫经济的时代

已经不需要诗歌了？答案是否定的

他们在唱：生活不止眼前的苟且

还有诗和远方的田野。我们不仅听

还附和唱。我们是不是想遗忘什么

其实我只想告诉你：

这只是 2017 年的 3 月 26 日

这一天工人眼里只有机器，加班费

城市只要 GDP。官吏只要维稳之词

我声色俱厉地批判自己这半生之体

碎片里，我和上帝谈真诚、道德

上帝冷笑，眨着狡黠眼睛

慢 慢 活

京畿水泥城际的深处，常有猫叫入耳
它激活了我寓所附近的一条条死胡同
包括暧昧的夜包括声色犬马的街
令恬静弥漫于灯红酒绿每一处旮
如此躁动的井市，猫
——令人内心愈发安静
我想到前年旅居后海的下午
荷花市场那些
卖唱的、摆摊的、街舞的，彼伏此起
我嚼着糖葫芦、酱猪蹄，踱步、闲蹓

我喜北京的北，我喜北京的京
那四处皆"门"的地名
比如崇文门比如正阳门
比如宣武门比如阜成门
比如德胜门比如安定门
比如东直门比如西直门
门里的京戏味门里的中国味

我是一个喜欢慢生活的人
懒慵与雅致如影相随
京畿钢筋城际的晨曦，当猫声声
从半掩的窗棂钻入，钻入
此刻我不爱天堂，唯喜此小穴居

逆流而上

所有飞鸟，仍于时光里深睡
以至曦晨贲涌的穹顶下
唯激流跌宕。抵达海
不仅是水之夙愿，譬如云朵
晨翌，最适朗诵高尔基的诗
是的，他的那只海鸥
同样也没有醒来

既如此，那就让我静静地等
安详守一群鸟飞来！这一刻
无须打听它们行径，须耐心
坚守那那份内心深处的信任
这世界，此等美好的事和物
谁也不能轻易说出

坚持！再坚持！再坚持！
那群一字排开的雪白之鸟
就要飞来了，飞来了
如此曦晨，只要轻微闭眼
人生就会吉祥，金碧起来

已渐逼近（组诗）

继续低

木鱼敲打时光，木鱼敲打时光
我乍然惊觉，这副臭皮囊
竟然已是人之四十之境。一切不受控制
比如年纪，比如除了年纪
怎样地修饰，都是几分像人，几分像鬼
佛陀前草墩上静坐的人瘦了
十年前，为生存我披坚执锐
向南！向南！向南！
你剃发为僧，你临行赠言
人有极乐世界；人有是非世界
山门猩红，山门猩红
可人也有植物人的世界
分医院内医院外两种——好比我
行尸走肉地活着

便是一号外的印刷版植物人。植物人妙
我极喜，可以不讲原则，可以六亲不认
可以没心没肺。装疯子扮傻子
毋须诠释注脚。可旁若无人地活着
像土匪样调侃；令狐冲般笑傲江湖
实在憋屈就在夜深城市街头、摩天楼顶
吼一段《好汉歌》或《从头再来》
忘记身份证上的名字
流年，最适隐于纸、网络里
木鱼敲打时光，木鱼敲打时光
我这一生犹如积雪，我这一生犹如纸剑
其实，于中国所有的成语中，狼奔豕突
是我最最喜欢的词，比如

障碍，障碍

早晨我喜欢麻将，午间我喜欢朗诵台词
比如律师、警察、法官、菜农、商贩、罪犯
客串他们的身份，在空荡的房间里
我自认为与天地很近
其实，你在这时会幡然醒悟你离这个世界
其实是遥遥无际的。别以为人
活着就有了一切，虽然一切尽入眼内
但你会与所有人之间有一道钢玻璃墙
这叫面相。而相，总由心来
芸芸众生，芸芸众生
想清除障碍物吗，想知道答案吗
不谙世事之孩提说：我不想我不想
赌徒说，我想我想；鳏夫说，我想我想
商人说，我想我想；戏子说，我想我想
留守老人说，我想我想；留守儿童说，我想我想
他们是车子、房子、票子、女子
她们是男子、票子、房子、车子

已渐逼近

魔幻之城我已居住七年，带湖南口音的普通话
标准了不少，其他没多少改变。依然上班忙碌
下班急行军地赶路，像一头骡子
不同是骡子没烦恼，我有。骡子没情绪，我亦有
眼看奔向糟糕中年，我不仅没有让自己变成富翁
还搭上车贷、房贷、信贷。如果法律允许
可能还会加上一条，命贷
南下。许多人发了财，我就是发不了，狗日的悲催
发不了财，本身就是一错误，如同逮不到老鼠的猫
眼看就中年了，眼看就中年了
骡子，有草料即可。我需要的不仅是粮食，还有
比如幸福，这要求不算过分的。电梯里
我夹着文件袋，看着鱼贯而入的人
有大腹便便者，西装革履的，还有摩登女
还有清洁老头。没有人愿意说话
各自用眼角余光扫描别人。此时
也许他和我一样暗自揣测，那名牌西装革履的
那通身黄金首饰的人，是否也着豪宅、洋车？
这是个无聊的臆想，这狗日的臆想！进入电梯
你一定也会这么想。瞭望这铁箱子里诡异的场景
高楼大厦、电梯这么多，想这个无聊问题的
定有很多人。也许包括你！嗨
这是一件极有趣的事情！还有，请记住
这魔幻城市称呼年轻女生——小姐，是大忌

卑微，卑微

其实，埋骨的厚土也是一种黄金语言
它通向天和地的宏伟府邸
我想象着那里有荷尔德林的诗
我想象着那里有普希金的厚土
可以笑着任热泪长长地流

我说哭是我的障碍物
我说笑是我的障碍物
我说，你也是尖利的障碍物
唯一，如刀缄默
可以掘地一万尺纵横十万里

红衣的少年，他跑向旷野世界深处
一路五体匍地的中年之人
尘埃一样伏下，伏下，伏下
长云和日月穹顶下
大昭寺里的喇嘛，不言不语
而门外的格桑花唱着马头琴
——直抵我的油腻中年
这里也有荷尔德林，这里也有普希金
在唐古拉，在唐古拉

小 颂 词

挖掘影子的人
吹一节长萧，长萧里尽是
娘亲密密麻麻的病历
那是处方药，那是非处方药
我彷徨！我彷徨！
对一场雨，你还在复叙

复叙黄莺的歌唱
复叙下午的阳光
与这满山杜鹃
像红绸缎，为亚健康娘亲
高歌，黄金般的"喜庆"

唐老鸭的爱

你说是幸福，那就是幸福
反正我是木质的表情
此生，习惯一直走一条直线
来不及了，才想到庸中
或结束
到底你是谁的传说，我的唐老鸭

我说我这是扯远了
此生，怎么年纪
越大，人却越活越小
尼采缄默
风，过了喜马拉雅之顶
庄子，被我阅读着
今日下午，我为一件你认为
悲伤的事而喜悦
我说是快乐，那就是快乐

面朝百鸟

此馨香入鼻，彼已非年少鼻息
和一朵花相遇江湖，我这年过三十之人
屏息凝神，额足相庆
不知道为什么这样，但就喜这样

希望那朵花刚开，若此会延长野幻想
对于我，我认为这是盛事
不需要问为什么，也不必解释为什么
人的一生没那么多为什么
人要一点点小张狂，人要一点点小顽固

致 100 年以后的你

——俄国诗人茨维塔耶娃曾这样写过，那是很久前

一百年以后，我什么都不是

唯剩一摊黑泥而已。也许你也是

我们都为自己的碌碌无为而沮丧

为没在这个世界留下盛名而遗憾满怀

其实这一切与付不付出、勤奋无关联

一百个人会有九十九说这与天赋有关

相信你也会举双手赞成的，是吗？

我懊恼不已，为自己没天才大智慧

几乎全部的思想皆与常人同出一辙

如果我消失，我的一切都会消失

眼下，我好像已预测到自己

假如一百年以后的你能读到我

你肯定会暗暗讥笑不已

好比一条路，因为我总是窝在一群人里

说一样的做一样的，这就是危险所在了

我想告诉你，其实这就像悲剧

此刻，我是冷汗直冒

万分歉意和不好意思

让一百年后的你看到了我的无用和俗庸

即好像一条路，我在重复着一百年前的
我为自己没有创造而惭愧
以至于让后来的你不屑
我为自己悲哀，同时我也警告你
别做和我一样的，要勇于劈荆棘开山
这样一百年后，才会有人仰视你
他们会说，他们的路
多年以前你就已经来过了
并在这里留下一些宝贵的东西
我暂且称之为"语言的艺术"
祝福你，少年！要知道，这是一个
一百年以前的鼓励，我兢兢业业地

惊国倾城

这样安静的下午，不但没有嘈杂的人声
手机、座机，也像安睡的BB。城际里
一棵近一米高的亚热带小乔木陪着我，它
汲取着窗外缓缓注入的阳光，叶片大而绿
看上去，它是那么茁壮、健康
犹如帝王宠爱的——江南小家碧玉
它和我经常就这样对坐，有时
像死去的姐姐，有时又像小妹的娴静
更多时候感觉像打瞌睡的娘亲
一起，不说话的感觉特别好！很多的时候
也想问低处的你，没人的下午，是否也会
抱一棵树在一个人的江湖里静静地坐着
远离围城、柴米、酱醋、油盐
听时钟嘀嗒嘀嗒的吟唱。其实
这样挺好，可以肆无忌惮地敞开内心
为某些尴尬事松绑，舔舐那些痛的疤
——譬如那个没成为爱人的人，譬如

年少苞谷地里的那个有星星没月亮的夜黑
如此的下午，内心尽可以恣意荒唐
与精神出轨无关，与道德传统无关
两码事，谁没年轻过？！
佛曰：色即是空，空即是色
这一个人的下午亦是一个人的国度
一年里我只取一天狂爱自己，其余
皆是你石榴裙下文武群臣，我祈祷
这小小河山永固，铜墙铁壁

▌鲁院记（组诗）

八里庄之南

对于我，京畿原本水域沉鱼落雁
想企及都是一种奢华
一堵灰色之墙，一扇灰白小铁门
嵌一行金字：鲁迅文学院
煎饼铺、炸酱面馆、全聚德烤鸭店
王府井至什刹海朝阳路
蓦然，惊悸，京剧隐隐
——那一夜，地安门
百花深处，老情人，绣花鞋
北方的狼族，腐蚀的铁衣
one night in 北京
一介草民，车马劳顿

遇一人白首，择一城终老
安详地，成尘，成埃
纸上，我就这么虚构天下众生
安排他们顺从命，如果反之呢
逆流成河可否？？
赴京，朝圣，皆为心结

这一夜，近了，紫禁城
一介布衣，环佩叮当
左边车水马龙右边声色犬马
门卫问：你找谁？
我手持一张白纸曰：我找"鲁迅"

大师与猫

圆顶、琉璃黑瓦、藻井、斗拱
彩画、油漆、搭材、裱糊
埃尘至公元 2016，红柱、绿廊
一只花脚的猫，在借风翻书
我心颤，这只猫，定是某大师留与
弗举间温文尔雅
譬如茅盾，譬如巴金，譬如沈从文
我笃信，这座小院的每一株草
皆能文能武，才高八斗

我冲这只猫谦恭地微笑
巨匠远去的天空，仍蟋蟀繁鸣
知了高声朗诵，我尊称虫们师兄师姐
我戏称己身为小学弟
长相作揖，行请师礼
猫慵懒地轻叫，那模样挺像一个人
比如故人，或老舍之前世今生？
这鲁院一隅，聚雅亭榭
月季、牡丹正顽皮越墙作攀缘状
这大师府邸里的精灵，哪个不是
妙笔生花的鸿儒之士？
特别是那个灵异的花脚猫

路灯吉祥

一个人置身于北方寒冷的夜是需要理由的
透过八里庄南里小马路的灯火
我像看见了那个一边写诗一边流浪的徐迟
他的一个人与一座城，他的一个人与一片荒野
这个卓越的诗人，这个孤独的诗人
因为他，我一直将进京当成一个宏大理想
甚至在哐当哐当的火车上我还朗诵他的作品
车厢里千百双眼射向我，他们把我当诗人了
所以不受待见，我闭上眼
热泪横流，坚持着这低低地朗诵
我想象暗淡的路灯照着那个诗人的瘦脸
这一生，我只要一想到北京
就会梦到流浪的徐迟向我走来
而此刻，鲁院灯火正橘黄

古银杏树

高高的，高高的枝丫葳蕤
金黄伞状，耸入云。我仰望它
像在打量一个人：朱自清
以及他妇孺皆知的名篇——《父亲的背影》

这一生，肝胆之交屈指可数
我喜爱把高矮树也当成至亲
喜欢它的忠诚与豁达、辽阔
我流离颠沛在南方之城，常和无名树聊天
树比人的寿命长很多，比如御花园
比如颐和园里的那些百年之树
它们即是大明王朝朱棣挚友
也是清史里顺治帝之知音
它们深谙四书五经、修身养性之道
更是 2016 你、我的忘年之交
只要你去那，定萌生与其义结之念

据说，这鲁院庭前的银杏
以及旁边葱郁云天之榕树
是冰心老先生栽下的，与它说话
就是与冰心先生成为朋友，这一生
是否想过在苍茫大地上也种一棵树
或许，一百年以后会有一个俊美少年
远道而来，成为你的金兰呢
水曰，一沙一世界
佛曰，一树一菩提

黑色雕像

对于一个人，多说一句成多余

对于一个人，少说一句会欠妥

我已被它说服，这尊半身铜像黝黑、光滑

没有人告诉我它是谁，我不需谁说

谁也不会轻易言说

以他名字命名的这座院子

已成这个国家的国粹，诗道：

山不在高，有仙则灵

水不在深，有龙则灵

有人叫她鲁院

有人叫她鲁迅文学院

我们自诩为中国文学鲁军团

忽略一切省份

鲁迅，一个前辈与长者的名号

鲁迅，一个国家的文学记忆

是的，他的故事和他的铜像一样

多说一句是多，少说一句是少

所以，我见到他，惟是沉默
我喜欢他的狂人日记
我喜欢他的三味书屋
少年闰土、阿Q正传
四月的北京风不大，阳光犹如熔液之黄金
它撒在这院子大堂里，和不锈钢的电梯门
我的凡胎，铜人雕像身上
此刻，看起来，这瞬间的缄默
像一个巨大剔透的胡萝卜

老鲁院 315

君住长江滨，吾住黄河端
若是隆冬，请将吾葬于雪山下
吾欢喜万里皓皓的国度，须发飞舞的长影
反之，就埋吾在百花深处
让吾的一身负罪的肉体依着花之骨
去一会城门外等吾千年的老情人

哦，请海涵吾放浪形骸的举止
哦，请谅解吾狂放不羁之词语
请理解一个落魄文人的颓废
放纵在他乡的高处、僻静处

他们（同学），都以为吾找不到住处
哪能呢，吾知吾的住处是老鲁院 315
吾不过是袒露心扉罢了，吾欢喜
一只眼瞅世界一只瞅内心，豪饮女儿红
兴致至，会声嘶力竭吼一段"霸王别姬"
导师说 315，以前住过马烽、唐达成
导师说 315，一介书生高地中的高地

吾把这张临时属于吾的房卡当神圣物
它，若通向一个隐秘世界的象牙令符
在鲁院的第一个晚上吾是失眠的

这经过翻修数次的一居室安详，空旷
吾像置身于古树参天的原始森林一隅
这文学的味道和木质葳蕤的树桠一样，好闻
大师好像还在，大师好像不在
他们去了蓬莱，或是相国寺？
知了憩息之深夜，一切皆有可能
是吗，不是吗
君不见长江之水天上来？
吾期望吾就是那摆橹的乡野船夫
上课铃响起，方知昨夜一昼兵荒马乱
君在此斗室时，吾不知吾何处安身立命
吾来此斗室时，吾不知君仙踪何方
天下熙熙，比邻；天下攘攘，比邻